Arena-Taschenbuch
Band 51131

Ebenfalls von der Autorin im Arena Verlag erschienen:
Die Pfeffermiezen (Band 1)
Die Pfeffermiezen und der große Treuetest (Band 2)

In der Reihe *Beste Freundin – blöde Kuh:*
Beste Freundin – blöde Kuh
Und raus bist du
Eine wie keine
Verknallt, verkracht, versöhnt

Albert Andakawwa. Schlamassel im Schlammsee
Albert Andakawwa. Der Diamant im Dackel

Weihnachtskribbeln. Geschichten für Freundinnen (Sammelband zusammen mit Alice Pantermüller und Kirsten John)

Patricia Schröder,
1960 geboren, lebt mit ihrer Familie und einer Handvoll Tieren an der Nordsee. Sie studierte Produktdesign und arbeitet seit vielen Jahren als freie Autorin. Zuerst schrieb sie satirische Beiträge für den Funk, später Texte für Anthologien, bevor sie ihre Liebe fürs Kinder- und Jugendbuch entdeckte. Inzwischen ist eine Vielzahl an Kinder- und Jugendromanen von ihr erschienen.

Patricia Schröder

Die Pfeffermiezen und das Liebeshandy

Vignetten von Betina Gotzen-Beek

Arena

MIX
Papier aus verantwortungsvollen Quellen
FSC® C110508
www.fsc.org

1. Auflage im Arena-Taschenbuch 2018

Umschlagillustration: Dagmar Henze
Vignetten: Betina Gotzen-Beek
Umschlagtypografie: KCS GmbH · Verlagsservice & Medienproduktion, Stelle/Hamburg
Gesamtherstellung: Westermann Druck Zwickau GmbH
ISSN 0518-4002
ISBN 978-3-401-51131-3

Besuche uns unter:
www.arena-verlag.de
www.twitter.com/arenaverlag
www.facebook.com/arenaverlagfans

Regenarrest

Emily hockte in ihrem Zimmer und starrte zum Fenster hinaus. Der September war angebrochen und seit drei Tagen regnete es an einer Schnur. Und überhaupt: Die ganze letzte Woche war nicht gerade die *Pfeffermiezen*-Zeit gewesen.

Zuerst hatte Maleen Hausarrest bekommen, weil sie mit Lou, Ratze und Emily heimlich über Nacht weg gewesen war. Und jetzt stand der Herbst vor der Tür – für ein abenteuerlustiges Mädchen wie Emily war das neben dem Winter die ungastlichste Jahreszeit überhaupt.

Sie warf einen Blick auf die Uhr. Bis Lou antanzte, dauerte es noch mindestens eine halbe Stunde. Seufzend öffnete Emily eine Tüte *Peppermint Cats* und schüttete die katzenkopfförmigen Minzdrops auf die Fensterbank. So konnte sie sich ihre Lieblingssorte besser heraussuchen. Emily steckte sich gleich fünf *Original Peppermint* auf einmal in den Mund, stützte ihr Kinn in die Hände und sann

darüber nach, was die JEMAYUS wohl gerade machten. Bestimmt ihre neuen Handys ausprobieren – pah!
Jesper, Max und Yussuf wohnten in der Nachbarschaft und waren die erklärten Lieblingsfeinde der *Pfeffermiezen*. Neulich erst hatten die JEMAYUS den Pfeffermiezen bös eins ausgewischt und nun war es höchste Zeit, dass Ratze, Lou, Maleen und Emily endlich zurückschlugen.
»Aber nicht ohne Maleen«, sagte Lou entschieden, als sie eine halbe Stunde später zusammen mit Emily vor dem Fenster hockte. »Wir dürfen nie wieder was getrennt machen.«
»Jaja«, brummte Emily.
Missmutig lutschte sie auf einem *Spearmint* herum. Die *Original Peppermints* hatte sie bereits komplett weggefuttert.
»Jetzt iss nicht so viel davon«, sagte Lou. Sie nahm die Packung, hielt sie unter die Fensterbank und fegte die übrig gebliebenen Pfefferminzdrops mit der Hand hinein. »Erstens ist das nicht gut für die Zähne. Und zweitens sind die *Spearmints* für mich.«
»Jaja«, brummte Emily noch einmal. »Erstens muss ich demnächst sowieso zum Zahnarzt. Und zweitens isst du sowieso nie alle auf.«
»Mann, oh Mann, hast du mal wieder eine Laune!«, stöhnte Lou. Sie strich sich die roten Locken aus der Stirn und deutete in den Garten hinaus. »Wir sollten lieber mal nachschauen, ob der Barkas noch richtig dicht ist.«
»Klar ist er das«, sagte Emily. »An diesen alten DDR-Autos

ist doch kaum was dran, das rosten kann. Alles *Plaste und Elaste*, sagt Detlef immer.«

Detlef war ein Großneffe von Herrn Steinkamp, Emilys Vater. Er hatte den türkisfarbenen Lieferwagen seinerzeit aus der alten DDR mit herübergebracht und Emily geschenkt, als er ihn nicht mehr brauchte. Und seitdem stand der Barkas ganz hinten in Emilys gut abgeschottetem Teil des Gartens und diente den *Pfeffermiezen* als Bandenquartier.

»Okay«, meinte Lou. »Dann wickeln wir jetzt eben endlich den Stacheldraht um die Kastanie.«

Der mächtige alte Baum war nämlich die einzige Schwachstelle im Schutzwall von Emilys Garten. Einige seiner Äste waren vom Bürgersteig aus zu erreichen. Und genau diesen Umstand hatten die JEMAYUS vor einiger Zeit genutzt, um in den Garten einzudringen.

Eigentlich hätte es völlig ausgereicht, wenn man die Kastanie ein wenig beschnitten hätte. Aber Herr Steinkamp hatte sich entschieden dagegen verwehrt. Er liebte diesen Baum und dachte leider nicht im Traum daran, auch nur ein einziges winziges Zweiglein zu opfern.

»Zu nass«, erwiderte Emily. »Bis wir drüben sind, sind wir völlig durchgeweicht.«

»Kein Problem«, sagte Lou. »Ich hab mein Regenzeug mit.«

Doch das beeindruckte Emily überhaupt nicht.

»Zu umständlich«, tat sie den Vorschlag ihrer Freundin ab und starrte weiter missmutig nach draußen.

»Dann sag doch gleich, dass du keine Lust hast«, grummelte Lou.
»Hab ich doch«, sagte Emily. »Aber euch muss man ja immer alles genau erklären.«
»Ts.«
Lou schnappte nach Luft. Das war ja mal wieder typisch! Immer drehte Emily alles so hin, wie es für sie passte. Darin war sie wirklich absolute Weltklasse.
Lou sparte sich allerdings, etwas in die Richtung zu sagen. Es war ohnehin sinnlos. In der Regel blieb einem nichts anderes übrig, als geduldig abzuwarten, bis Emilys Laune sich wieder gebessert hatte.
»Was ist eigentlich mit Ratze?«, fragte sie stattdessen. »Wollte sie nicht auch vorbeikommen?«
»Eigentlich schon«, brummte Emily. »Ich wette, sie ist über ihren Hausaufgaben eingepennt.«
»Glaub ich nicht«, sagte Lou. Ratze war zwar eine Penntüte, die es sich gerne gemütlich machte, aber so schlimm war es nun auch wieder nicht. »Mathe war nämlich ganz schön schwierig.«
»Allerdings.« Emily nickte. »Ich finde, die Lehrer übertreiben es langsam. Wir sind doch keine Computer, die mühelos alles schlucken und verarbeiten.«
»Ach komm«, erwiderte Lou. »Es ist doch nur in Mathe so. Manchmal glaube ich, gerade Mathelehrer können an gar nichts anderes mehr denken als an Quader, Kreisformeln und all diesen Murks. Die können sich offenbar gar nicht vorstellen, dass man später mal einen Beruf hat, der

nichts mit Termen zu tun hat.« Sie stützte ihre Ellenbogen neben Emily auf die Fensterbank und seufzte. »Aber wenigstens macht Deutsch noch Spaß.«

»Findest du?«, muffelte Emily.

In Deutsch war nämlich mal wieder Buchvorstellung dran und Emily hasste nichts so sehr wie lesen. Noch dazu ein ganzes Buch!

»Ich habe die Bücherei und die Buchhandlung durchstöbert«, erklärte sie Lou. »Aber ich habe kein einziges Buch gefunden, das weniger als hundertvierzig Seiten hat.«

Lou grinste. »Du Arme!« Sie strich der Freundin bedauernd über den Rücken. »Frag doch Ratze mal – vielleicht liest die ein Buch für dich mit.«

Emily riss sich von der Fensterscheibe los und starrte die Freundin mit großen Augen an.

»Du bist so genial!«, stieß sie hervor. »Komm her und lass dich knutschen.«

Und schon fiel sie der verdatterten Lou um den Hals und drückte ihr einen feuchten Schmatzer mitten ins Gesicht.

»Aber d-das habe ich doch gar nicht ernst gemeint«, stammelte die. »D-das war doch bloß ein Scherz.«

»Und wennschon«, erwiderte Emily. »Dann war das eben der beste Scherz, den du jemals gemacht hast.«

Mit einem Schlag hatte sich ihre Laune um zweihundert Prozent verbessert.

»Los, komm!«, sagte sie und zog Lou vom Fenster weg. »Zieh dein Regenzeug an! Wir haben eine Mission zu erledigen.«

Ein Liebesbarde treibt sein Unwesen

Die Mission bestand natürlich darin, Ratze auf- und ohne viel Tamtam mit Lous genialem Scherzeinfall heimzusuchen.

Lou staunte nicht schlecht, wie schnell Emily wasserdicht verpackt auf ihrem Kickboard stand.

»Na los, mach schon!«, trieb sie Lou an, deren Fahrradständer sich für Emilys Begriffe mal wieder nicht schnell genug hochklappen ließ.

»Was kann ich denn dafür, dass der dauernd klemmt?«, erwiderte Lou.

Sie verpasste dem Ständer einen ordentlichen Tritt und stieg mit aller Kraft in die Pedale, um mit ihrer Freundin mithalten zu können.

Bis zu Ratze brauchten sie keine zehn Sekunden. Denn sie wohnte nur ein paar Häuser weiter. Deshalb war es eigentlich Blödsinn, die fahrbaren Untersätze zu benutzen, andererseits konnte man nie wissen, was die JEMAYUS

gerade ausheckten. Es war also immer klug, möglichst viele Fluchtmöglichkeiten in petto zu haben.
Emily begrüßte Frau Vladicz nur knapp im Vorbeistürmen, dafür gab Lou Ratzes Mutter höflich die Hand und deutete sogar eine Art Knicks an.
»Jetzt komm schon!«, rief Emily. »Beeil dich.«
Sie stand bereits in Ratzes Zimmertür und wippte ungeduldig mit den Beinen.
»Was habt *ihr* denn schon wieder vor?«, fragte Frau Vladicz lächelnd.
»Sie werden es nicht glauben, aber diesmal geht es um die Schule«, sagte Lou und verschwand im Zimmer.
»Himmel, noch mal«, stöhnte Ratze. »Hättet ihr nicht warten können, bis ich zu euch komme?«
Sie lag mit übereinandergeschlagenen Beinen auf dem Bett. Ihr Kopf war in einem Haufen Kissen und Stofftieren versunken und um sie herum lagen stapelweise Zeitschriften und Bücher.
»Nein«, sagte Emily. »Hätten wir nicht. Wenn man auf dich warten muss, wachsen einem nämlich glatt die Spinnweben aus den Ohren.«
»Spinnweben wachsen nicht«, erwiderte Ratze. Sie hob ihren Kopf aus dem Kissenturm und schaute ihre Freundinnen mit total zersauselten Haaren und einem wissenschaftlichen Zug um die dunklen Augen an. »Spinnweben werden hergestellt.«
»Du hast es erfasst«, sagte Emily. »Genau darum geht es.«

»Um die Herstellung von Spinnweben?«, fragte Ratze erstaunt. »Wozu das denn? Etwa um die JEMAYUS gefangen zu nehmen?«
Emily grinste.
»Keine schlechte Idee«, meinte sie, schüttelte dann aber sofort den Kopf. »Nein, heute geht es um die Herstellung von Charakterisierungen, Zusammenfassungen, geniale Fragen und so weiter und so weiter. Lou hatte nämlich eine fantastische Idee.«
»So?«
Neugierig setzte Ratze sich auf.
Lou ließ sich in den gemütlichen, alten Ohrensessel fallen, den Ratze von ihrem Urgroßvater geerbt hatte.
»Versprich dir jetzt bloß nicht zu viel«, sagte sie.
»Sie soll ja auch nicht sich, sondern mir etwas versprechen«, erwiderte Emily.
»Ach, du grüne Neune!«, stöhnte Ratze. Sie ließ sich wieder aufs Bett zurückfallen und vergrub den Kopf komplett unter den Stofftieren.
»Du weißt ja noch gar nicht, worum es geht!«, rief Emily. Sie ließ ihren Blick über Ratzes vollgestopfte Regalwand gleiten und blieb schließlich an ihrem Kleiderschrank hängen.
»Vergiss es«, sagte Lou. »Es ist egoistisch und unfair.«
»Ist es nicht«, widersprach Emily. »Es ist ein ganz normaler Freundschaftsdienst.«
Hastig schob sie einen Stuhl vor den Kleiderschrank, kletterte darauf und angelte das weiße Megafon herun-

ter, das Ratze vor Kurzem von ihrem Onkel bekommen hatte. Der war Journalist bei der Stadtzeitung und hatte überallhin seine Verbindungen und Kontakte. Megafone hatten Ratze schon als kleines Kind fasziniert und so hatte er seiner Nichte das Ding kurzerhand aus dem ausrangierten Polizeifundus organisiert.

»Bist du verrückt!«, sagte Lou, als Emily sich mit dem Megafon Ratzes Bett näherte. »Das kannst du doch nicht machen. Nachher platzt ihr noch das Trommelfell.«

»Mir platzt auch gleich was«, erwiderte Emily nur. Sie setzte das Megafon auf Ratzes Hintern ab und trompetete los: »Achtung! Achtung! Hier spricht ein verzweifeltes Kind!«

Lou schüttelte den Kopf.

»Du bist vielleicht bescheuert«, stöhnte sie und reckte lauschend den Kopf in Richtung Fenster, weil sie das Gefühl hatte, noch etwas anderes gehört zu haben. Etwas, das so klang wie eine Flöte.

»SOS! SOS! SOS!«, trötete Emily derweil mit voller Megafonlautstärke in Ratzes Hintern.

»Schscht!« Lou fuchtelte mit dem Arm in der Luft herum. »Jetzt sei doch mal still!«

»Was soll ich denn machen, wenn die faule Socke sich nicht rührt?«, erwiderte Emily.

»Aber da draußen, da ist was«, wisperte Lou.

Sie stand aus dem Ohrensessel auf und tapste zum Fenster hinüber.

»Ach, du spinnst doch!«, behauptete Emily. »Was soll denn da sein? Ein paar Vögelchen vielleicht. Oder ein Igel.«

»Klar doch«, sagte Lou. »Wahrscheinlich ein ganzes Igelorchester.«

»Wieso?«, fragte Emily.

Jetzt war sie doch neugierig geworden. Sie legte das Megafon auf Ratzes Hintern ab und kam ebenfalls zum Fenster geschlichen.

»Pfröt – tüt – töt – pfrüt – pfröt!«, drang ein leises Tuten an ihre Ohren.

Und dieses Tuten kam eindeutig von draußen. Aus dem Vorgarten.

»Und es ist mit hundertprozentiger Sicherheit kein Vogel«, prophezeite Lou. »Der würde mit solchen Singkünsten kaum überleben.«

»Da hast du leider recht«, murmelte Emily finster.

Sie konnte es nicht besonders gut leiden, wenn nicht sie es war, die als Erste eine Besonderheit entdeckte.

Lou drückte ihr die Hand auf die Brust. »Pssst! Jetzt sei doch endlich mal still«, befahl sie. »Es geht nämlich weiter.«

Diesmal waren es allerdings keine schrägen Flötentöne, die aus dem Vorgarten erschallten, sondern ziemlich leierige Worte, die mit tiefer Stimme vorgetragen wurden.

»Meine – Geliebte – ich – sehne – mich – soooooo! – Komm – küss – mich – heute – und – du – machst – mich – frooooh!«

»Na warte!«, sagte Emily.

Sie hechtete zum Bett hinüber, packte zuerst das Megafon und dann Ratze am Hosenbund und zog sie unter

den Stofftieren hervor. »Aufstehen, du alte Schlafnudel! Draußen ist ganz lieber Besuch für dich.«
Während Ratze sich widerwillig auf die Füße stellte, bedeutete Emily Lou, das Fenster zu öffnen.
»Nur einen Spalt und ganz, ganz leise.«
Lou grinste. Mit angehaltenem Atem legte sie den Fenstergriff nach unten um. Dann stellte sie das Fenster vorsichtig auf Kipp.
»Gut so?«
Emily nickte. Sie trat dicht an die Scheibe, hob das Megafon gegen ihre Lippen und sang mit schriller Stimme:
»Mein – alter – Stinker – ich – ärger – mich – sooooo! – Hau – endlich – ab – denn – nur – das – macht – mich – frooooh!«
Unterdessen war Lou so dicht an die Scheibe getreten, dass ihre Nase das Glas berührte. Zuerst tat sich da draußen überhaupt nichts. Doch dann, nachdem das letzte Wort aus dem Megafon verklungen war, wackelte plötzlich der Holunderbusch neben dem Fenster und kurz darauf brach eine Jungengestalt daraus hervor und raste wie vom wilden Affen gebissen zur Straße.
»Max!«, rief Lou. »Das war ganz eindeutig ein Überfall der JEMAYUS!«
»Überfall? – Pah!«, sagte Ratze.
Sie war schneeweiß im Gesicht und schien ziemlich nervös zu sein.
Emily legte das Megafon auf Ratzes Schreibtisch ab und grunzte:

»Was denn bitte sonst? Etwa eine Liebeserklärung?«
Ratzes Gesichtsfarbe wechselte in rasanter Geschwindigkeit von Schneeweiß zu Ampelrot. Hastig drehte sie sich um und hechtete auf ihr Bett in den Kuscheltierhaufen zurück.
Lou und Emily sahen sich an. Beide dachten das Gleiche. Und beide sagten im selben Moment genau dieselben Worte:
»Du hast doch wohl nicht was mit Max laufen? Hinter unserem Rücken?«

Die Wahrheit, die Wahrheit und nichts als die Wahrheit!!!

Das Thema Buch war erst mal vom Tisch. Total ausradiert aus Emilys Gehirnzellen, so als ob es dort nie gedacht worden wäre. Für ein paar Sekunden standen sie und Lou wie erstarrt da.
Dann packte Emily Ratze an den Füßen und zog sie unter ihren Stofftieren hervor.
»Rede!«, befahl sie. »Und zwar jetzt und sofort!«
Ratze strampelte mit den Füßen und ruderte verzweifelt mit den Armen.
Sie versuchte, sich an einem großen braunen Stoffhasen festzuhalten, doch der rutschte zusammen mit ihr über die Bettkante und landete unter ihrem Kopf auf dem Fußboden.
»Bist du total durchgeknallt oder was!«, rief Lou. »Du hättest Ratze die Nase abreißen können.«

»Die Nase!« Emily, die Ratzes Füße inzwischen losgelassen hatte, tippte sich gegen die Stirn. »Wie das denn, bitte schön?«

»Sie hätte damit an der Bettkante hängen bleiben können«, sagte Lou.

»Ist sie aber nicht«, stellte Emily fest.

»Ich sag ja, sie hätte«, fauchte Lou.

Ratze nutzte den Streit zwischen ihren Freundinnen, krabbelte in einer für sie ungewöhnlichen Geschwindigkeit zur Tür und verschwand aus dem Zimmer.

»So ein Mist!«, schimpfte Emily. »Los! Hinterher!«

Sie und Lou düsten los, rammten sich die Köpfe aneinander, weil sie gleichzeitig durch die Tür wollten, rasten stöhnend und jaulend den Flur entlang und flitzten ohne Schuhe und Regenzeug auf die Straße hinaus.

Von Ratze war weit und breit nichts mehr zu sehen.

»Das gibt's doch gar nicht«, brummte Emily. »Die kann sich doch nicht einfach in Luft aufgelöst haben.«

»Vielleicht ist sie Max hinterher«, spekulierte Lou. Emily schüttelte den Kopf.

»Quatsch«, sagte Emily. »Das wäre ihr sicherer Tod und das weiß sie auch.«

»Tod«, erwiderte Lou. »Du spinnst doch!«

Logisch waren Max, Jesper und Yussuf ihre erbittertsten Feinde und jeglicher freundschaftliche Kontakt war natürlich strengstens untersagt. Bisher war jedoch noch nie die Rede davon gewesen, dass ein Zuwiderhandeln mit dem Tode bestraft werden sollte.

»Du weißt genau, wie ich das meine«, sagte Emily.
Lou schaute ihre Freundin forschend an. Bei Emily wusste man nämlich nie so genau.
»Und was machen wir jetzt?«, fragte sie.
»Suchen. Was sonst?«
Lou senkte ihren Blick und betrachtete skeptisch ihre Socken, die sich bereits bis zu den Knöcheln mit Wasser vollgesaugt hatten.
»Jetzt sag bloß nicht, du willst nach Hause«, meinte Emily drohend.
»Möchtest du morgen etwa mit einer Grippe im Bett liegen?«, erwiderte Lou.
»Das steht im Moment überhaupt nicht zur Debatte«, schnaubte Emily. »Wir müssen jetzt die Wahrheit herausfinden. Die Wahrheit und nichts als die Wahrheit.«
»Weißt du, was?«, erwiderte Lou. Sie schaute ihre Freundin aus blitzenden grünen Augen an. »Du kannst dir deine dämliche Debatte meinetwegen hinter die Ohren knoten. Ich ziehe mir jetzt jedenfalls erst mal trockene Sachen an.«
Und damit machte sie auf dem Absatz kehrt und flitzte zu ihrem Fahrrad zurück.
Debatte – pah! Was auch immer das war. Wenn Emily schon dauernd ihren Kopf durchsetzen wollte, dann sollte sie gefälligst Klartext reden. Und nicht dauernd ihre blöden Fremdwörter benutzen.

Ein längst überfälliger Überfall

Zum Glück war Lous Vater gerade zum Einkaufen, als sie ohne Schuhe und mit triefend nassen Klamotten in den Flur trat. Sie pflückte sich die Socken von den Füßen und tapste ins Badezimmer. Dort entledigte sie sich ihrer Sachen, stopfte alles in die Waschmaschine und stellte das Kurzwaschprogramm ein.

Just in dem Moment, als Lou sich neu eingekleidet hatte, läutete das Telefon.

»Hallo?«, meldete sich eine ziemlich krächzige Stimme. »Hier ist Maleen. Lou, bist du das?«

»Maleen?«, vergewisserte Lou sich. »Wie hörst du dich denn an?«

»Och«, sagte die Stimme. »Ich hab mich wohl etwas erkältet.«

»Aber du bist doch die ganze Zeit im Haus«, erwiderte Lou.

»Na ja, ich weiß auch nicht.«

»Hoffentlich geht es dir bald wieder besser«, sagte Lou. »Und hoffentlich darfst du bald wieder raus. Wir vermissen dich nämlich.«

»Ja, ich euch auch«, krächzte Maleen.

»Stell dir nur vor«, erzählte Lou. »Eben hat Max in Ratzes Garten gehockt und ihr ein Liebeslied gesungen. Emily ist natürlich total ausgerastet. Ratze hat sich aber auch vielleicht dämlich benommen.«

»Sooo?«, krächzte Maleen. »Wie denn?«

»Na ja, sie ist knallrot geworden und war total verlegen. Und als Emily sie zur Rede stellen wollte, ist sie auch noch abgehauen.« Lou seufzte. »Ich sag das ja nicht gern, aber ich glaube, sie ist in ihn verknallt.«

»Oje«, meinte Maleen nur. Dann klang sie plötzlich furchtbar gehetzt. »Du Lou, ich muss jetzt ganz schnell auflegen.«

Im nächsten Moment klackte es in der Leitung. Lou ließ kopfschüttelnd den Hörer auf die Gabel sinken. Erkältung und krächzige Stimme hin oder her: Irgendwie war Maleen schon etwas seltsam gewesen. So kurz angebunden.

»Sie hat halt Schiss, dass ihre Mutter sie erwischt«, meinte Emily, die kurz darauf an Lous Tür Sturm klingelte. Auch sie war komplett neu eingekleidet und hielt Lou deren vergessene Sachen unter die Nase. »Hier. Beeil dich!«

»Wo willst du denn jetzt wieder hin?«, fragte Lou.

»Na, wohin wohl? Zu Max natürlich. Vielleicht erwischen wir die beiden in flagranti.«

»Hä?«, sagte Lou, während sie ihre Regenjacke überstreifte »Wo?«

Emily verdrehte die Augen.

»Jetzt komm schon«, sagte sie ungeduldig. »Komm, halt dich hinten fest, so sind wir schneller«, rief sie Lou zu und dann sausten sie los.

Lou quiekte in allen Kurven und auch vor jeder Straßenmündung, weil ihr Emilys Fahrstil alles andere als geheuer war, aber schließlich und endlich kamen sie völlig unversehrt an ihrem Ziel an.

Zwei Garageneinfahrten vor Max' Haus stoppte Emily.

Lou stieg ab und Emily schob das Kickboard weiter. Sie wollten nicht Gefahr laufen, entdeckt zu werden, bevor sie Max und Ratze zusammen erwischten.

»Am besten lässt du das Ding hier stehen«, sagte Lou und deutete auf den Zaun des Nachbargrundstücks.

Emily nickte.

»Hab ich eh vorgehabt«, brummte sie und lehnte ihr Kickboard gegen den Zaun.

Mit flinken Fingern fädelte sie das Kettenschloss um eine der Latten und zog es, so eng es ging, um den Lenker herum.

»Bombenfest«, murmelte sie zufrieden, nachdem sie den Schlüssel in ihrer Hosentasche versenkt hatte.

Die Mädchen flitzten an der Hecke, die sich um das weiße Haus zog, entlang und huschten dann tief geduckt durch den Vorgarten bis unter Max' Zimmerfenster.

Lou lehnte sich gegen die Wand und verschnaufte. Sie

war immer schrecklich aus der Puste. Doch Emily konnte natürlich nicht so lange warten, bis Lou ausgeschnauft hatte, sondern schob sich langsam nach oben und spähte über die Fensterbank in Max' Zimmer.

»Und?«, japste Lou. »Sind sie da drin?«

Emily schüttelte den Kopf. Wie es schien, war das Zimmer leer. Um aber ganz sicherzugehen, richtete Emily sich auf und drückte ihre Nase gegen die Scheibe. Sie durchstreifte mit ihrem Blick jeden Winkel. – Nein, es war wirklich niemand hier. Es sei denn, die beiden hatten sich im Schrank versteckt. Aber wieso sollten sie das?

Emily wollte sich gerade wieder zu Lou hinunterducken, da stach ihr etwas ins Auge. – Max' Handy! Es lag da einfach so auf seinem Schreibtisch herum, als wollte es sagen: Nimm mich endlich mit! Du wolltest mich doch ohnehin klauen.

Noch dazu stand einer der beiden Fensterflügel auf Kipp. Emily schluckte und ihr Herz fing an zu klopfen. Die Verlockung war immens, aber wog sie auch das Risiko auf? Ach was, dachte Emily. Gelegenheiten waren schließlich dazu da, dass man sie am Schopfe packte. Sie fasste Lous Regenjacke an der Schulternaht und zerrte sie daran hoch.

»Pass auf«, zischte sie ihrer finster dreinblickenden Freundin zu. »Ich hol uns das Handy und du stehst so lange hier Schmiere. Aber richtig.«

»Und wenn ich damit nicht einverstanden bin?«, brummte Lou.

»Dann mach ich es eben alleine«, erwiderte Emily. »Wenn Max mich erwischt, müsst ihr mich eben wieder raushauen.«
»Wir?« Lou schüttelte den Kopf.
Von *wir* konnte im Moment ja wohl kaum die Rede sein. Maleen hatte Stubenarrest und Ratze war womöglich auf die Seite der Jungs gewechselt.
»Na ja, dann eben du«, murmelte Emily. »Du wirst mich ja wohl kaum in der Höhle des Löwen schmoren lassen, oder?«
Natürlich nicht. Und deshalb konnte Lou auch gleich Schmiere stehen.
»Ich hocke mich hinter die Hecke an der Straße«, schlug sie vor. »Von dort habe ich den besten Überblick. Sobald ich einen JEMAYU sichte, sag ich dir Bescheid.«
»Na, dann aufi!«, murmelte Emily sich selber Mut zu.
Noch einmal überzeugte sie sich davon, dass in der Zwischenzeit niemand ins Zimmer gekommen war, dann steckte sie ihre Hand durch den Schlitz des gekippten Fensters und versuchte, den Griff des anderen zu erreichen.
Es war allerdings nicht so einfach, wie sie sich das vorgestellt hatte. Der Rahmen drückte schmerzhaft gegen ihr Handgelenk und sie musste ziemlich lange herumfriemeln, bis sie den Griff zu fassen und schließlich auch umgelegt bekam.
Ihr Herz klopfte vor Aufregung, aber auch vor Wut und Anstrengung. Doch als Emily dann endlich das Fenster auf-

drücken und sich auf das Sims hinaufziehen konnte, war aller Ärger mit einem Schlag futsch.
Als Erstes sauste sie zur Zimmertür und drehte den Schlüssel herum. So konnte sie von innen wenigstens schon mal nicht mehr überrascht werden. Danach schnappte sie sich das Handy, ließ es in die Hosentasche gleiten und tapste wieder auf das Fenster zu.
Im selben Moment tauchte dort Lous gerötetes Gesicht auf.
»Jesper und Yussuf!«, zischte sie.
»Wo?«, presste Emily hervor.
»Müssten jeden Augenblick in die Zufahrt einbiegen«, flüsterte Lou.
Emily kletterte auf das Sims und spähte in Richtung Hauseingang.
»Oh, Gott!«, stieß sie hervor. »Da sind sie schon. Und – verdammt noch mal! – sie haben uns gesehen.«

Ein Ohr in der Klemme

Panisch blickte Emily sich nach allen Seiten um.
»Wo sollen wir denn jetzt noch hin?«, jammerte Lou.
»Keine Ahnung«, zischte Emily.
Jesper und Yussuf hatten bereits den Rasen betreten. Langsam und mit siegesgewiss herausgestreckter Brust kamen sie auf die Mädchen zu.
»Die denken schon, sie haben uns«, wisperte Emily. Diesen Triumph gönnte sie ihnen natürlich nicht. »Wir verziehen uns hinters Haus«, schlug sie vor. »Irgendwo im Garten wird es schon noch eine Fluchtmöglichkeit geben. – Los, schnell!«
Aber mit *schnell* war leider nichts mehr zu machen. Denn auf einmal umklammerte jemand Emily von hinten.
»Ha!«, schrie Max. »Das hast du dir wohl so gedacht!«
»Mensch, hau ab!«, rief Emily Lou zu.
Im nächsten Augenblick wurde sie bereits ins Zimmer zurückgezerrt. Und auch für Lou war es zu spät. Bevor sie

sich dazu durchgerungen hatte, sich in den hinteren Teil des Grundstücks zu verdünnisieren, waren Jesper und Yussuf bereits bei ihr.
»Hab sie!«, brüllte Jesper, während er Lou am Oberarm festhielt.
Auch Yussuf fasste zu. Sein Griff war jedoch um einiges sanfter. Sichtlich verlegen, stierte er an Lou vorbei gegen die Hauswand. Unterdessen war im Zimmer ein Ringkampf zwischen Emily und Max entbrannt. Ächzend und stöhnend wälzten sich die beiden auf dem Boden herum. Emily hatte sein rechtes Ohr zu fassen gekriegt und zerrte mit aller Kraft daran. Max jaulte vor Schmerzen, trotzdem gab er alles, was er hatte, um Oberwasser zu bekommen. Er spannte die Muskeln, drückte Emily an den Schultern gegen den Boden und ließ sich schließlich rittlings auf ihren Bauch fallen.
»Runter, du Fettsack!«, fauchte sie. »Oder willst du mich ersticken!«
»Erst wenn du mein Ohr loslässt«, knurrte Max.
Aber Emily war ja nicht blöd. Dieses dämliche, rot geschwollene Ohr war im Moment schließlich der einzige Trumpf, den sie buchstäblich in der Hand hatte. Auch wenn Max' Kopf in der Stellung, die sie auf diese Weise gezwungenermaßen einnehmen mussten, ihrem Gesicht näher war, als sie ertragen konnte.
»Wo kommst du überhaupt her?«, knurrte sie. »Ich hab doch die Tür abgeschlossen.«
»Ich war im Schrank«, stöhnte Max.

»Und wo ist Ratze?«
»Ich bin auch hier«, ertönte Ratzes Stimme etwas dumpf von der gegenüberliegenden Zimmerwand.
»Wo?«, schrie Emily.
»Im Schrank«, stöhnte Ratze.
Im Schrank? Ratze hatte allen Ernstes zusammen mit Max in einem engen Kleiderschrank gehockt? Da hörte sich ja wohl alles auf! Vor Empörung ließ Emily fast sein Ohr los. Sicherheitshalber griff sie noch mal richtig fest zu.
»Aouuuuh!«, jaulte Max.
Doch Emily kümmerte sich nicht um sein Geschrei. Wenn er Ratze tatsächlich zu einem Techtelmechtel in den Schrank gelockt hatte, dann hatte er es nicht anders verdient.
»Was machst du denn da drin?«, schrie sie wutschnaubend.
»Ach, ich hocke hier nur so ein bisschen gefesselt rum«, erwiderte Ratze. »Ist eigentlich ganz gemütlich.«
»Gefesselt?«, japste Emily. »Du hast Ratze gefesselt?« Zornig schaute sie in Max' sommersprossiges Gesicht. »Das wirst du mir büßen!«, knurrte sie und zerrte noch heftiger an seinem Ohr.
»Aouuuuh!«
»Mensch, Emily, was machst du denn mit ihm?«, fragte Ratze ängstlich aus dem Schrank. »Willst du ihn etwa umbringen?«
»Keine Sorge«, rief Emily.

Schließlich waren die JEMAYUS ihre Lieblingsfeinde und die *Pfeffermiezen* brauchten sie noch für ein schönes, langes, wild durchkämpftes Leben.
In diesem Moment erschien Jesper im Fenster. Er zog sich auf das Sims und hechtete auf Max und Emily zu.
»Lass ihn los!«, befahl er.
»Vergiss es«, zischte Emily.
»Dann muss ich dir leider auch wehtun«, sagte Jesper.
Doch das beeindruckte Emily nicht. Sie guckte ihm so eiskalt in die blauen Augen, dass ihr selber eine Gänsehaut über den Rücken rieselte. Jesper guckte ebenso eiskalt zurück. Dann ging er hinter Emilys Kopf auf die Knie und vergrub seine Hände in ihren kurzen dunkelbraunen Haaren.
»Wenn du Max' Ohr nicht loslässt, ziehe ich«, drohte er.
»Tu's doch«, erwiderte Emily.
Inzwischen fiel es ihr allerdings nicht mehr ganz so leicht, eiskalt zu gucken. Immerhin befanden sich Jespers Knie direkt neben ihren Schläfen, sein Gesicht schwebte nur einen halben Meter über ihr und seine Fingerkuppen berührten ihre Kopfhaut – es war zum Verrücktwerden! Wie sollte sie unter diesen Bedingungen bloß bei klarem Verstand bleiben?
Max' Ohr war ihr mittlerweile völlig egal. Sie hielt es eigentlich nur noch fest, damit Jesper seine Hände in ihren Haaren ließ. Eine halbe Minute später befanden sich auch Lou und Yussuf im Zimmer. Yussuf verriegelte das Fenster und Lou nutzte die Gelegenheit und befreite Ratze aus dem Kleiderschrank.

»So, und jetzt lässt du bitte Max' Ohr los«, befahl sie anschließend Emily.
»Sofort!«, kreischte Ratze. »Es blutet schon.«
»Aber das geht nicht«, stöhnte Emily. »Wir können doch nicht einfach aufgeben.«
»Ihr müsst«, knurrte Jesper und begann nun damit, an ihren Haaren zu ziehen – allerdings so vorsichtig, dass Emily vor Rührung Herzklopfen bekam. Noch einmal begegnete sie seinem Blick und zack! – in diesem Augenblick passierte es: Sie verlor die Kontrolle über ihre Fingermuskeln und Max' Ohr flutschte ihr aus der Hand.
Max rappelte sich auf die Füße und verschwand stöhnend aus dem Zimmer.
»Na super!«, rief Lou begeistert. »Jetzt sind wir in der Überzahl.« Sie stürzte zum Fenster und riss es wieder auf. »Los, Mädels, worauf wartet ihr noch!«
Kurz entschlossen stupste Ratze Yussuf aufs Bett und raste Lou hinterher. Emily verpasste Jesper einen kräftigen Rippenstoß und folgte ihren Freundinnen, so schnell sie konnte. Sie landeten im Vorgarten, drehten sich noch einmal um und schrien: »We are the *Peppermint Cats!* The only girls a boy never can catch!«
Und dann sausten sie laut johlend und so schnell sie konnten, zum Nachbarhaus, um Emilys Kickboard zu holen, nach Hause zu brausen und ihren Sieg zu feiern.

1 : 1

Doch die Freude währte nicht lange.
»Verdammte Kacke! Was ist das denn bloß wieder für ein blöder Mist!«, brüllte Emily, als sie total außer Atem am Nachbargrundstück angekommen waren.
Am Zaun hing nur noch das Schloss. Und zwar verschlossen. Von Emilys Kickboard fehlte jede Spur.
»Können die plötzlich zaubern oder was?«, fragte Lou kopfschüttelnd, während sie das Schloss von allen Seiten betrachtete.
»Wie haben die es bloß geschafft, das Teil zu klauen, ohne das Schloss aufzuknacken?«
»Das ist mir im Moment so was von egal!«, fauchte Emily. »Ich will mein Kickboard wiederhaben. Und zwar sofort!«
»Das kannst du vergessen«, sagte Ratze.
Sie hielt sich japsend die Seite. »Freiwillig rücken die das Teil nämlich nie raus.«

»Und wenn es gar nicht die JEMAYUS waren?«, wandte Lou ein, wurde für diese Theorie von ihren Freundinnen allerdings sofort für total plemplem erklärt.
»Wer denn sonst, bitte schön?«, brummte Emily.
»Vielleicht David Copperfield«, meinte Ratze grinsend.
»Hahaha, sehr witzig«, schnappte Emily.
Sie umfasste das Schloss und zog mit aller Kraft daran. Es öffnete sich und Emily knallte auf den Hosenboden. Sofort ertönte von der anderen Straßenseite schadenfrohes Gelächter.
Lou und Ratze wirbelten herum. – Und tatsächlich! Da standen sie, Jesper, Max und Yussuf, breitbeinig, die Hände lässig in den Hosentaschen vergraben.
»Stinksäcke!«, schrie Ratze. »Haut ab, bevor ich mir die Augen verderbe!«
»Dann guck doch woandershin!«, rief Jesper.
»Außerdem ist das hier unsere Straße«, sagte Yussuf und Max nickte. »Ihr habt hier gar nichts verloren.«
Emily rappelte sich auf die Füße und rannte wutschnaubend bis zur Straßenmitte. »Gebt mir sofort mein Kickboard zurück!«, schmetterte sie ihren Feinden um die Ohren.
»Sehen wir etwa so aus, als ob wir kein Hirn im Schädel hätten?«, erwiderte Jesper.
»Allerdings!«, schnaubte Emily. »Eure Köpfe kann man doch allerhöchstens als Taubenklos benutzen.«
Jesper wurde blass. Sein freches Grinsen verschwand.
Jetzt hab ich ihn, freute Emily sich. Jede Sekunde würde er sich auf sie stürzen. Er würde sie an den Armen

packen und zu Boden reißen. Und wenn sie ganz besonders viel Glück hatte, würde er sich sogar auf sie setzen. Dann würde sie ihn mit aller Kraft umklammern und ihn nicht eher wieder loslassen, bis er ihr Kickboard herausrückte – was ihretwegen gerne bis ans Ende ihres Lebens dauern dürfte. Doch leider blieb Jesper, wo er war, nämlich neben Max und Yussuf auf dem Bürgersteig.

»Habt ihr das gehört, Jungs?«, fragte er seine Kumpels. »Taubenklos!« Er schlug sich mit der flachen Hand auf die Schädeldecke und lachte. »Versteht ihr, was die meint?«

Max und Yussuf zogen die Mundwinkel herunter und die Schultern herauf und schüttelten die Köpfe. »Nö!«

»Wer ist die denn überhaupt?«, fragte Max, starrte Emily an und kratzte sich an der Stirn.

»Hm?«, machte Yussuf. »Und was redet die die ganze Zeit von Schmickmord?«

»Genau«, sagte Max. »Schmickmord. Nie gehört.«

Jesper schnitt eine Idiotengrimasse und forderte seine Freunde auf, ihm zu folgen. »Kommt, Jungs. Mit so viel Taubenkacke im Gehirn kann ich einfach nicht denken.«

Max kicherte blöd und Yussuf verdrehte die Augen und gab einen glucksenden Laut von sich. »Schmickmord«, brabbelte er. »Schmie ketöhrt. Schommt, Kreunde, blasst uns Piepen plupsen!«

Und dann rannten er und Max lachend hinter Jesper her, der schon längst hinter der Hecke verschwunden war.

»Eins zu null für die JEMAYUS«, murmelte Lou.

Ratze fluchte leise. Emily stand da wie in die Straße gegossen und stierte den JEMAYUS nach. An Blödheit waren die wirklich nicht mehr zu übertreffen. Aber was nutzte ihr das? Ihr Kickboard bekam sie so jedenfalls nicht wieder zurück.
»Piepen plupsen!« Ratze tippte sich an die Stirn. »Mädels, wir sollten ernsthaft darüber nachdenken, ob wir uns in Zukunft überhaupt noch mit denen befassen. Vielleicht ist das ja ansteckend.«
»Erst wenn ich mein Kickboard zurückhabe«, brummte Emily.
Bis dahin – das hoffte sie – würden die JEMAYUS ihren Verstand wohl wiedergefunden haben.
»Okay«, sagte Lou. »Hast du vielleicht auch schon eine Idee, wie du das machen willst? Ich meine natürlich eine echte, richtig gute Idee!«
Ich habe nur gute Ideen, hätte Emily am liebsten geantwortet. Da sie aber gerade eben erst bewiesen hatte, dass das nicht der Fall war, zog sie es ausnahmsweise vor zu schweigen. Wutschnaubend kniff sie die Augen zusammen, versenkte die Hände in den Hosentaschen und machte Anstalten, die Straße zu verlassen. Doch in dem Augenblick, als sie den harten Gegenstand zwischen ihren Fingern fühlte, stutzte sie. Ein hämisches Grinsen zupfte an ihren Mundwinkeln.
»Mädels«, sagte sie. »Noch ist nicht aller Tage Abend.« Und zog triumphierend das Handy hervor.

Ein neues Pferd im Stall

Maleen drückte ihre Nase gegen die Scheibe und starrte missmutig in den Garten hinaus. Mittlerweile hatte es aufgehört zu regnen und sie begann sich zu fragen, was Ratze, Lou und Emily wohl gerade machten. Sie fand es gemein, dass ihre Mutter es ihr nicht einmal erlaubte zu telefonieren. Dabei hatte sich Frau Langenfeld über den nächtlichen Ausflug ihrer Jüngsten bei Weitem nicht so sehr aufgeregt wie über die Tatsache, dass ihre ältere Tochter Pamela sich in den Stalljungen Darius verknallt hatte.
Nun musste Maleen den Fehltritt ihrer sechzehnjährigen Schwester ausbaden – das war typisch Mama! Immer stand sie auf Pamelas Seite und immer war Maleen die Dumme. Doch gerechterweise ging es der großen Schwester diesmal nicht besser.
Genau wie Maleen durfte auch Pamela weder telefonieren noch den Hof verlassen. Darius würde sie nie wieder-

sehen, ihn hatte ihre Mutter nämlich postwendend gefeuert. Wütend und zutiefst verletzt, hatte Pamela sich in ihrem Zimmer eingeschlossen. Und dort hockte sie nun schon seit ein paar Tagen, aß keinen Bissen und heulte sich die Augen aus.

Liebeskummer musste eine ganz schreckliche Sache sein. Maleen war jedenfalls heilfroh, dass sie sich nur ein bisschen in Jesper verguckt hatte. Außerdem durfte sich eine wahre *Pfeffermieze* sowieso nicht in den Lieblingsfeind verlieben. Das war total unehrenhaft. Ganz davon abgesehen, dass so ein dämliches Liebesgedusel ohnehin geradewegs in den Abgrund führte. Dafür war Pamela ein leuchtendes Beispiel. Maleen fand den Zustand ihrer Schwester absolut jämmerlich und manchmal flackerte sogar so etwas wie Mitleid für sie in ihrem Herzen auf.

Aber das kämpfte Maleen jedes Mal tapfer nieder. Schließlich hatte Pamela ihren nächtlichen Ausflug an die Mutter verraten und das würde sie ihr – so hatte Maleen es sich jedenfalls geschworen – nie verzeihen.

Energisch wischte sie die Gedanken an ihre Schwester beiseite. Ihre Laune war sowieso schon schlecht genug. Wie gerne wäre sie jetzt mit Ratze, Lou und Emily zusammen gewesen. Aber ihre geliebten *Pfeffermiezen*-Freundinnen konnte sie zurzeit leider nur in der Schule sehen.

Maleen drehte den Kopf und schielte zum Hof hinüber. Er war wie leer gefegt. Nur ein paar kleine Wasserpfützen durchbrachen das langweilige Graubraun des Bodens. An

Regentagen wie diesem fand der Reitunterricht ausschließlich in der Halle statt.
Plötzlich tauchte hinter den Stallungen eine Schubkarre auf – geschoben von ihrer Oma. Natürlich! Heute war ja Donnerstag. Da halfen ihre Großeltern immer auf dem Hof aus.
Maleen flitzte aus dem Zimmer bis zur Haustür, schlüpfte in ihre Reitstiefel und rannte durch den kleinen Vorgarten auf den Stall zu.
Ihre Oma fand sie gleich in der ersten Box.
»Na«, sagte sie lächelnd. »Willst du mir helfen?«
»Wieso nicht?«, erwiderte Maleen.
Sie holte sich ebenfalls eine Mistgabel und ging ihrer Oma tatkräftig zur Hand.
»Wunderbar«, freute die sich. »So sind wir ruck, zuck fertig.« Sie strich ihrer Enkelin über die Backe. »Magst du La Belle hereinholen? Dann mach ich mich schon mal an die nächste Box.«
»La Belle?«, erwiderte Maleen zögernd. »Soll ich nicht lieber ...?« Sie warf einen Blick in die Nachbarbox. Dort stand ein großer hellgrauer Wallach, den sie noch nie gesehen hatte.
»Das ist Clypso«, sagte ihre Oma. »Er ist seit vorgestern hier. Seine Besitzer sind ziemlich wohlhabend. Allerdings soll er ein wenig schwierig sein, meint deine Mutter.«
»Aha ...«
Maleen starrte auf die mächtigen, glänzenden Schenkel und den leise hin und her schlagenden Schweif. Schwie-

rig oder nicht, das war ihr völlig egal. Maleen war jedes Pferd unheimlich.

»Wo ist denn La Belle?«, fragte sie leise.

»Gleich vorne auf der Koppel«, erwiderte ihre Oma und nickte zur Stalltür hinüber.

»Aber dann muss ich ihr ja Zaumzeug umlegen«, sagte Maleen.

»Ja, das musst du wohl.« Ihre Oma lehnte die Mistgabel gegen La Belles Boxenwand und legte ihrer Enkelin einen Arm um die Schulter. »Warum willst du dann ausgerechnet im Stall helfen?«

»Was soll ich denn sonst tun?«, seufzte Maleen. »Mir ist todsterbenslangweilig.«

»Warum reißt du auch aus!«, erwiderte ihre Oma.

»Bin ich gar nicht«, sagte Maleen empört. »Ich wollte nicht weglaufen. Es war doch bloß ein Abenteuer.«

»Bei dem sonst was hätte passieren können«, sagte ihre Oma streng.

»Ach.« Maleen winkte ab. »Ich war doch mit meinen Freundinnen zusammen.«

»Freundinnen hin oder her«, sagte ihre Oma. »Mädchen eures Alters sollten nun einmal nachts nicht allein durch die Gegend geistern. Deine Mutter hat sich große Sorgen gemacht.«

Große Sorgen? – Pah! Oma hatte ja keine Ahnung! Ihre Mutter war stinksauer wegen Darius gewesen. Und da war ihr Maleens kleiner Ausbruch gerade recht gekommen. An irgendjemandem musste Mama ihre Wut

schließlich auslassen. Aber das konnte Maleen ihrer Oma nicht sagen. Ganz davon abgesehen, würde sie ihr ohnehin nicht glauben.
»Aber deshalb kann sie mir doch nicht bis in alle Ewigkeit Hausarrest geben«, sagte Maleen verzweifelt und diesmal gab ihr ihre Oma recht.
»Ich rede nachher mal mit deiner Mutter«, versprach sie. Sie drückte ihre Enkelin kurz an sich. »Und jetzt hole ich La Belle. In Ordnung?«
Maleen nickte dankbar. Sie lehnte sich mit dem Rücken gegen einen Holzpfosten und schaute ihrer Oma nachdenklich hinterher. Nicht einmal sie konnte Maleen richtig in den Arm nehmen. Opa war da ganz anders, eher so wie Papa. Aber Opa war leider nicht da. Er drückte sich nur allzu gerne vor der Arbeit auf dem Reiterhof und vor allem vor den damit verbundenen Auseinandersetzungen mit Maleens Mutter.
Maleen seufzte leise. Genauso war es auch mit Papa gewesen. Er hatte die Pferde gemocht und wollte, dass es ihnen gut ging. Mama waren jedoch das Geschäft und das Geld wichtiger gewesen. Und das Ansehen natürlich. Sie wollte jemand sein, zu dem die Leute bewundernd aufblickten. Und deshalb war auch ihre große Tochter Pamela, die eine erstklassige Figur auf dem Pferderücken machte, ihr ganzer Stolz.
Über Maleen und ihre Angst vor den großen Tieren dagegen hatte sie immer gespottet. Es hatte oft Streit gegeben und irgendwann hatte ihr Vater das alles nicht mehr aus-

gehalten. Die Eltern hatten sich getrennt und Papa war in ihr Ferienhaus nach Südfrankreich gezogen.
Von da an hatte Maleen sich alleine durchbeißen müssen. Anfangs hatte ihr Vater sich noch ziemlich oft bei ihr gemeldet. Und einmal war sie sogar die ganzen Osterferien über bei ihm gewesen. Doch seine Anrufe waren immer spärlicher geworden und nun hatte Maleen schon eine ganze Weile nichts mehr von ihm gehört. Nicht einmal auf die Nachrichten, die sie auf seinem Anrufbeantworter hinterlassen hatte, hatte er reagiert. Mittlerweile machte Maleen sich echte Sorgen und sie beschloss, Oma nach ihm zu fragen, sobald sie mit La Belle von der Koppel kam.
Plötzlich ertönte hinter ihr ein lautes, schlagendes Geräusch. Es klang so, als ob jemand mit aller Macht gegen die Holzwand einer der Boxen getreten hätte.
Maleen zuckte zusammen. Sie spürte, wie sich die feinen Härchen in ihrem Nacken aufrichteten, und am liebsten wäre sie sofort geflüchtet. So wie sie das immer getan hatte. Doch irgendwas hielt sie zurück. Es war nur so ein Gefühl, total albern eigentlich, aber tief in ihrem Inneren war Maleen plötzlich davon überzeugt, dass dieser Wallach hinter ihr in der Box genauso alleingelassen war wie sie. Vielleicht hatte er ja nur gegen die Wand getreten, damit sie auf ihn aufmerksam wurde. Maleen legte ihre Hände tastend um den Holzpfosten und wandte sich langsam zu ihm um.
Auch der Wallach hatte sich zu ihr gedreht. Seine Nüstern waren geweitet und seine Ohren nach hinten gerichtet.

»Hast du dich erschreckt?«, wisperte Maleen.
Clypso warf den Kopf zurück und wieherte laut.
Maleen fing an zu schwitzen. Ihre Finger, die sich in den Holzpfosten gekrallt hatten, zitterten. Ihr Herz klopfte wie verrückt.
»Ich tu dir doch nichts«, murmelte sie. »Ehrlich nicht.«
Sie versuchte, sich damit selber Mut zu machen. Gleichzeitig hämmerte eine Stimme in ihrem Schädel: *Hau ab! Hau doch endlich ab!*
Doch Maleen hörte nicht darauf. Sie hatte dieser blöden Stimme lange genug nachgegeben. Ab sofort wollte sie sich von ihrer Angst nicht mehr unterkriegen lassen.
Langsam ging sie auf die Boxenwand zu.
»Schsch«, murmelte sie. »Ist ja gut.«
Clypso war jetzt nicht mehr zu sehen. Offenbar hatte er sich ganz in den hinteren Teil der Box verzogen. Maleen hörte ihn leise schnauben.
»Ganz ruhig«, flüsterte sie.
Sie atmete einmal tief durch, dann hob sie zögernd ihre Hand und legte sie vorsichtig auf der Kante ab.
Komm, Clypso, komm, dachte sie.
Maleen wagte es kaum hinüberzusehen. Andererseits bekam sie so nicht mit, was der Wallach tat. Im Moment war er zwar ruhig. Doch das bedeutete gar nichts. Clypso konnte jeden Augenblick wieder gegen die Boxenwand treten. Für Maleen war dieser Zustand nahezu unerträglich und sie war bereits kurz davor, ihre Hand wieder wegzuziehen, da spürte sie plötzlich einen warmen Hauch an

ihren Fingern. Maleen hielt die Luft an. Das Herz schlug ihr bis zum Hals. Sie schloss die Augen und begann zu beten. »Lieber Gott, bitte, bitte, bitte ...«

Sie schielte durch ihre blonden Locken hindurch nach oben. Clypsos mächtiger Kopf war direkt über ihr.

Hau ab!, sagte die Stimme in ihrem Kopf.

Im selben Augenblick berührten die weichen Lippen des Wallachs ihre Finger. Ganz kurz nur ...

Verschlüsselte Wahrheiten ...

»Was machst du denn da?«, rief ihre Oma, die in diesem Augenblick mit La Belle am Halfter in der Stalltür auftauchte.
Ihre Stimme klang richtig erschrocken.
»Nichts«, presste Maleen hervor. »Ich stehe hier doch nur.«
»Lass es lieber. Dieses Tier ist unberechenbar.« Ihre Oma legte La Belles Zügel um den Haltepfosten und zog Maleen von Clypsos Box weg. »Dein Vater, der könnte vielleicht mit ihm umgehen, aber du ...« Sie stockte. »Wenn nicht einmal deine Mutter mit ihm zurechtkommt.«
Maleen ging über diese kränkende Bemerkung hinweg. Es gab eine Menge Pferde, mit denen ihre Mutter nicht zurechtkam. Und zwar immer dann, wenn sie sie in den Transporter führen wollte. Sobald sie sich mit einem Pferd am Zügel der Laderampe näherte, bäumten die Tiere sich auf. Maleens Mutter wurde dann ungeduldig und wütend und

alles wurde nur noch schlimmer. Manchmal ließen sich die Pferde dann nicht einmal mehr von Sebastian oder Pamela beruhigen und der Transport musste verschoben werden.
»Und Clypsos Besitzer?«, fragte Maleen. »Was ist mit dem?«
»Der reitet Turniere, dafür braucht er ein funktionierendes Pferd«, erwiderte ihre Oma abfällig.
»Aber was passiert dann mit ihm?«, rief Maleen aufgebracht. Allmählich stieg eine Ahnung in ihr hoch. »Wenn niemand ihn brauchen kann ...?«
Ihre Oma füllte einen Eimer Hafer in La Belles Futterkasten. »Ich weiß es nicht«, sagte sie. »Es geht mich auch nichts an.«
Maleen schnappte hörbar nach Luft. So kannte sie ihre Oma ja gar nicht. Okay, sie war schon immer ein wenig zurückhaltend gewesen. Und sie hatte sich auch noch nie in Familienstreitereien eingemischt, wenn es sie nicht direkt betraf. Aber hier ging es schließlich um ein hilfloses Tier, das niemand wollte, bloß weil es schwierig war.
Maleen wusste, was das bedeutete. Und das würde sie auf keinen Fall zulassen. Und wenn sie sonst was dafür anstellen musste.
Im Augenblick hielt sie es jedoch erst mal für klüger, das Thema zu wechseln.
»Was ist eigentlich mit Papa los?«, fragte sie und bemühte sich, so harmlos wie möglich zu klingen. Ihre Oma sollte bloß nicht das Gefühl bekommen, schon wieder eine verzwickte Angelegenheit umschiffen zu müssen.

Sie schien allerdings trotzdem Lunte zu riechen. »Warum?«, fragte sie ein wenig barsch. »Was soll denn mit ihm sein?« Sie reichte ihrer Enkelin den Eimer. »Würdest du bitte mal Wasser holen?«

»Erst wenn du meine Frage beantwortet hast«, entgegnete Maleen standhaft.

Ihre Großmutter hob die Augenbrauen. »Wie redest du denn mit mir?«

Maleen wusste, dass sie sich im Ton vergriffen hatte. Aber was sollte sie tun? Sie fühlte sich manchmal so schrecklich hilflos gegenüber den Erwachsenen. »Wenn ihr alle nichts sagt«, presste sie hervor. Mühsam kämpfte sie gegen die Tränen an, die in ihre Augen drängten, und plötzlich brach alles aus ihr heraus. »Ich weiß ja gar nichts«, schrie sie. »Nicht, wie lange ich Hausarrest habe, nicht, warum Papa sich nicht meldet, wieso Mama mich nicht leiden kann ...«

»Aber Kind!« Ihre Oma trat zu ihr auf den Gang und verriegelte La Belles Boxentür. »Was redest du denn da?« Auf einmal waren ihre Gesichtszüge ganz weich. Sie umschlang ihre Enkelin und drückte sie an sich. »So etwas darfst du nicht einmal denken.«

»Aber was denn sonst?« Schluchzend presste Maleen ihr Gesicht in die Halsbeuge ihrer Großmutter. »Warum ist sie denn immer so gemein zu mir?«

»Das ist eine lange Geschichte«, murmelte ihre Oma, während sie Maleen tröstend über die Haare strich. »Aber die muss deine Mutter dir selber erzählen. Irgendwann wird sie vielleicht dazu in der Lage sein.« Sie seufzte leise, bevor sie fortfuhr. »Und was deinen Vater betrifft. Vielleicht meldet er sich nicht, weil er gerade in Südafrika ist.«

... und
Schlüssel zu anderen Wahrheiten

Lou starrte gegen die Zimmerdecke. Sie war hundemüde, aber sie konnte einfach nicht einschlafen. In ihrem Kopf kreisten die Gedanken und außerdem machte Herr Blümchen mal wieder einen ziemlichen Rabatz.

Vor einer halben Stunde hatte er sämtliche Holzwolle und Watte aus seinem Holzhäuschen gewühlt und sich ein neues Bett unter dem Laufrad eingerichtet. Anschließend hatte er sich die Backen voll Körner gestopft und neben seinem Bett wieder herausgestrichen. Doch als er sich zur Ruhe legen wollte, hatte er festgestellt, dass es viel zu eng unter dem Laufrad war und Bett und Vorräte kurzerpfot in die gegenüberliegende Ecke geschleppt. Danach hätte er Lous Ansicht nach eigentlich völlig erschöpft sein müssen, aber im Gegenteil: Er war in sein Laufrad gestiegen und darin beabsichtigte er nun offensichtlich einen neuen Geschwindigkeitsrekord aufzustellen.

»Wenn du nicht sofort damit aufhörst, hole ich dich unter die Decke«, drohte Lou, was den Hamster allerdings nicht beeindruckte. Er räderte einfach munter weiter.

»Also gut, du hast es nicht anders gewollt.«

Lou kroch aus dem Bett und tapste auf den Käfig zu. Im selben Moment vernahm sie ein zaghaftes Tock-Tock vom Fenster her. Lou schrak zusammen und starrte auf die zugezogenen Vorhänge. – Nein, das konnte nicht sein. Wer sollte denn wohl mitten in der Nacht gegen ihre Scheibe klopfen? Sie musste sich verhört haben.

Kopfschüttelnd wandte Lou sich wieder Herrn Blümchen zu.

»So, mein Süßer«, murmelte sie. »Jetzt ist Schluss mit lustig.«

Sie öffnete die Käfigtür und streckte ihre Hand nach dem Hamster aus – da klopfte es wieder. Diesmal lauter und deutlicher.

Verdammt noch mal, das konnte doch nur auf das Konto der JEMAYUS gehen. Was fiel denen eigentlich ein? Nach all diesem Theater, das am Nachmittag stattgefunden hatte, wollten sie jetzt auch noch ihre wertvolle Nachtruhe stören? – Na, den Spaß konnten sie haben!

Lou schloss die Käfigtür. Dann griff sie nach dem halb vollen 500-Gramm-Jogurtbecher, aus dem sie während der Schularbeiten gelöffelt hatte, und stapfte damit auf ihr Fenster zu. Mit einem Ruck zog sie die Vorhänge ausei-

nander, öffnete das Fenster und schüttete der Gestalt, die sie nur schemenhaft dort draußen erkennen konnte, den Jogurt ins Gesicht.
Der Schemen verschwand. Es ertönte ein dumpfer Schlag und danach ein leises Stöhnen. Lou schluckte. Hoffentlich hatte sich der JEMAYU dort draußen nicht allzu sehr verletzt. Sie stellte den Jogurtbecher auf dem Sims ab, hob sich auf die Zehenspitzen und reckte vorsichtig ihren Hals durchs Fenster. Zunächst sah sie nur, dass sich am Boden jemand bewegte, doch allmählich gewöhnten sich ihre Augen an die Dunkelheit und sie erkannte – Maleen!
»Was machst du denn hier? Mitten in der Nacht?« Vor Aufregung purzelte Lou beinahe kopfüber aus dem Fenster. »Ich dachte schon, du wärst Jesper oder Max.« Oder Yussuf, fügte sie in Gedanken hinzu.
»Ach so.« Maleen rappelte sich auf die Füße und hielt der Freundin ihr jogurtverschmiertes Gesicht entgegen. »Deshalb also die süße Begrüßung.« Sie schabte sich mit dem Finger einen dicken Klecks von der Backe und versenkte ihn anschließend im Mund. »Hmmmm! Himbeer. Einfach göttlich!«, schwärmte sie.
»Jetzt hör schon auf zu spotten und komm endlich herein«, sagte Lou. Sie fasste die Freundin bei den Armen und half ihr auf die Fensterbank. Maleen zog die Beine nach und landete mit einem schwungvollen Satz im Zimmer.
»Und jetzt raus mit der Sprache!«, befahl Lou, nachdem sie das Fenster geschlossen und die Vorhänge wieder

vorgezogen hatte. »Was um Himmels willen machst du hier?«
»Schlafwandeln vielleicht?«, meinte Maleen mit hochgezogenen Schultern.
»Ach du ...«
Lou zwickte die Freundin in den Arm und grinste verunsichert. Sie war tief und fest davon überzeugt, dass Maleen ein wirklich ernstes Problem haben musste, wenn sie trotz ihres Hausarrestes und noch dazu mitten in der Nacht von zu Hause floh.
Maleen angelte sich eins von Lous Kleidungsstücken von der Sessellehne und wischte sich damit den Jogurt aus dem Gesicht. Dann ließ sie sich seufzend auf Lous Bettkante nieder, zog sich die Decke über den Bauch und sagte: »Irgendwie ist mir eisekalt.«
Lou verdrehte die Augen. »Was soll ich machen?«, stöhnte sie. »Vor dir auf die Knie fallen? Dir eine zehnstöckige Sahnetorte backen oder vielleicht zwanzig Saltos auf der Stelle machen?«
Maleen guckte die Freundin verwundert an. Doch dann schien sie langsam zu kapieren, wie Lou das gemeint hatte.
»Du wirst es nicht glauben«, sagte sie, »aber es geht um ein Pferd.«
Und dann erzählte sie hastig die ganze Sache mit ihrer Oma, ihrer Mutter und Clypso.
Lou schlüpfte neben sie unter die Bettdecke und sog jedes Wort ein. In Wahrheit ging es nämlich nicht nur um

ein Pferd, wie Maleen behauptet hatte, sondern um viel mehr.

»Und was willst du jetzt tun?«, fragte Lou, nachdem die Freundin geendet hatte.

Maleen zuckte die Schultern. »Keine Ahnung. Vielleicht Emily fragen, ob sie damit einverstanden ist, dass wir Clypso in ihren Garten stellen«, meinte sie eher scherzhaft.

Doch als sie Lou in die Augen sah, fing sie an zu weinen. Lou schlang den Arm um ihren Hals und zog Maleen gegen ihre Schulter.

»Du hast Angst, deine Mutter zu fragen, stimmt's? Und du würdest am liebsten gleich und sofort wissen, was bei euch abgelaufen ist, aber du traust dich nicht ...«

»Ach, das sagt sie mir doch sowieso nie, nie, nie«, schluchzte Maleen sofort los. »Meine Mutter redet überhaupt nicht über sich. Nur über Pferde und Reiten und Turniere. An was anderes kann sie doch gar nicht denken.«

Lou nickte nachdenklich. »So als ob sie versucht, etwas anderes zu überdecken, um sich damit nicht mehr auseinandersetzen zu müssen.«

Maleens Tränen versiegten schlagartig. Sie hob den Kopf und sagte: »Meinst du wirklich?«

»Es wäre immerhin eine Erklärung«, erwiderte Lou. »Vielleicht ist ja irgendwann mal etwas ganz Schreckliches passiert ...«

»... das mit mir zu tun hat?«, hauchte Maleen.

Lou atmete einmal tief ein. Sie blickte die Freundin mit ernsten Augen an.
»Irgendwoher musst du deine unerklärliche Angst vor Pferden ja haben, oder?«, sagte sie.
Maleen senkte den Kopf und nickte.
»Vielleicht könnte Papa es mir erzählen«, murmelte sie. »Aber der ist im Moment gar nicht zu Hause, sondern in Südafrika. Wenn ich nur wüsste, was er da jetzt wieder will. Hoffentlich zieht er nicht noch weiter weg.«
Wieder stiegen ihr Tränen in die Augen und diesmal ließ sie sich nicht so leicht trösten. Die ganze Sache kam ihr so verzwickt vor, dass sie überhaupt nicht wusste, was sie tun und denken sollte. Auch Lou fühlte sich hilflos.
»Am liebsten hätte ich es, wenn du einfach hierbliebst«, wisperte sie. »Aber das geht nicht. Wenn deine Mutter merkt, dass du schon wieder abgehauen bist, rastet sie garantiert total aus.«
Maleen schnäuzte sich die Nase in ihren Ärmel und nickte. »Ich weiß. Ich wollte ja auch nur mit dir reden. Ich musste es einfach jemandem erzählen, sonst wäre ich geplatzt.«
Lou drückte Maleen an sich. »Ist ja schon gut«, erwiderte sie. »Morgen werde ich es Ratze und Emily sagen. Zusammen fällt uns schon was ein.«
Maleen guckte ihre Freundin entsetzt an. »Nein, das darfst du nicht. Das dürfen Ratze und Emily nicht wissen.« Ihr Blick wurde flehend. »Bitte, bitte! Das hab ich nur dir erzählt, weil du meine allerbeste Freundin bist.«

»Aber wir müssen uns doch auch eine Lösung für Clypso überlegen«, wandte Lou ein.
»Nein, ja, na gut«, jammerte Maleen. »Das mit Emilys Garten war sowieso eine Schnapsidee. Du hast ja keine Ahnung, wie wild Clypso ist. Der hätte fast die Boxenwand zertrümmert. Ich glaube, der braucht ganz viel Platz, weil er sonst Angst hat. Warum auch immer.«
»Dann ist er wohl ein bisschen so wie du«, murmelte Lou.
Maleen schwieg. Plötzlich schob sie die Decke zur Seite und stand vom Bett auf. »Ich glaub, ich fahr jetzt besser wieder«, sagte sie.
Lou erhob sich ebenfalls und ging mit Maleen zum Fenster hinüber. Erst jetzt fiel ihr auf, dass Maleen nur eine dünne Jacke trug. Lou zog ihren dicken blauen Kuschelpulli von der Stuhllehne und drückte ihn der Freundin in den Arm.
»Hier, zieh den besser über, damit deine Erkältung nicht noch schlimmer wird.«
»Meine Erkältung?«, wunderte sich Maleen. »Wie kommst du denn da drauf? Ich bin doch gar nicht krank.«
»Aber du hast es mir gestern doch selbst erzählt.«
»Ich? Dir?« Maleen schüttelte den Kopf. »Das hast du bestimmt geträumt.«
»Quatsch«, sagte Lou. »Gestern Nachmittag, als du mich angerufen hast und ich dir erzählt habe, dass Max in Ratzes Garten hockt, da hast du so eine komische Stimme gehabt und ...«
Maleens Augen wurden immer größer.

»Ich darf überhaupt nicht telefonieren«, erwiderte sie. »Und ich habe dich auch nicht angerufen. Ich weiß gar nicht, wovon du redest. Was war denn mit Max?«
»Moment mal ...« Lou kratze sich an der Stirn. »Wenn du das am Telefon gar nicht warst, wer ist es dann gewesen?« Maleen zuckte die Schultern und Lou gab sich die Antwort selbst: »Ein JEMAYU natürlich! – Oh, Mann, so eine Kacke!«
»Was regst du dich denn so auf?«, meinte Maleen. »Jesper, Max oder Yussuf haben dich ein bisschen verarscht–na und? Das machen sie mit uns und wir mit ihnen doch dauernd.«
»Jaaa, verdammt«, stieß Lou hervor. »Das stimmt. Aber ich Hornochse, ich habe denen was ganz Dämliches gesagt.«
»Nämlich?«
»Dass wir glauben, dass Ratze in Max verknallt ist.«
»Oh nein!!!« Maleen verdrehte die Augen und ließ sich auf den Drehstuhl sinken.
Lou hätte sich am liebsten selbst in den Hintern gebissen. Warum hatte sie nicht gleich Lunte gerochen? Die Stimme der Freundin hatte wirklich oberseltsam geklungen. Nicht einfach bloß erkältet, sondern eigentlich total fremd.
»Ratze bringt mich um«, murmelte Lou. »Und sie hat recht. Ich habe es nicht anders verdient.«

Aufschub

Die Stimme ihres Vater schallte aus weiter Ferne zu ihr herüber.
»Lou! Aufstehen, Lou!«
Sie riss die Augen auf und schreckte hoch.
»Du meine Güte«, sagte ihr Vater. Jetzt war er plötzlich ganz nah, stand direkt vor ihrem Bett und schaute sie besorgt an. »Hast du deinen Wecker gar nicht gehört?«
Lou schüttelte den Kopf.
»Wie spät ist es denn?«
»Kurz vor halb acht«, sagte ihr Vater. »In ein paar Minuten werden Ratze und Emily klingeln, um dich abzuholen.«
Oje!
Lou schlug die Bettdecke zurück, gähnte und streckte sich. Sie fühlte sich total gerädert. Aber das war ja eigentlich auch kein Wunder. Immerhin hatte sie in der Nacht fast zwei Stunden mit Maleen gequatscht. Und danach hatte sie natürlich auch nicht gleich wieder einschlafen können.

Ihr Vater nickte ihr aufmunternd zu.
»Putz dir die Zähne und zieh dich an. Ich mach derweil schon mal dein Schulbrot. Kakao ist bereits fertig.«
Ihr Vater verließ das Zimmer und Lou schlüpfte in ihre Klamotten. Das T-Shirt war ein wenig knitterig und die Jeans hatte einen dunklen Fleck auf dem Oberschenkel – aber egal. Sie hatte ohnehin keine Zeit mehr, sich darüber Gedanken zu machen, was sie anziehen sollte. Und einmal würde es so schon gehen.
Sie raffte ihre Sachen zusammen, eilte in die Küche, schlürfte die Hälfte des heißen Kakaos aus und flutschte dann mit klopfendem Herzen auf die Straße hinaus.
Der Gedanke daran, dass sie Ratze und Emily gestehen musste, dass sie Maleen am Telefon mit einem JEMAYU verwechselt hatte, schnürte ihr den Magen zu.
Doch zum Glück hatten die Freundinnen sich ebenfalls ein wenig verspätet und so blieb Lou nur wenig Zeit, ihnen von den Ereignissen in der Nacht zu berichten. In knappen Sätzen erzählte sie von Maleen, dem Rätsel um ihre Mutter und Clypso.
»Is ja 'n Ding«, meinte Ratze und Emily sagte: »Frau Langenfeld ist wirklich schrecklich. Wenn es tatsächlich ein Geheimnis gibt, von dem Maleen nichts weiß, wird sie es ihr garantiert nicht beichten. Jede Wette – dafür würde ich mir glatt die Finger abfressen.«
»Sei mal lieber nicht so vorlaut«, erwiderte Ratze. »Vielleicht brauchst du sie noch.«
Emily verdrehte die Augen, sagte aber nichts.

»Also, was diese Pferdegeschichte angeht, da sind wir wohl ziemlich machtlos«, fuhr Ratze unterdessen fort. »Aber ich finde, mit Maleen und ihren Eltern kann es so einfach nicht weitergehen. Da muss was passieren.«
»Und was?«, fragte Lou.
»Keine Ahnung auf die Schnelle«, sagte Ratze. »Lasst uns das Thema auf heute Nachmittag vertagen.«
Emily nickte. »Da steht ja dann auch noch die Handy-Frage auf dem Programm«, meinte sie.
Und noch einiges mehr, dachte Lou. Im Moment war sie eigentlich ganz froh, dass sie die Beichte wegen dieses komischen Maleen-Anrufs noch ein wenig aufschieben konnte, denn nun war es wirklich höchste Zeit, sich in die Pedale zu schwingen.

Comtessen-Theater

Die Mädchen brausten los wie die Irren und stürmten auf den absolut letzten Drücker in den Klassenraum. Maleen saß nicht auf ihrem Platz.

»Meine Güte!«, seufzte Ronja. Sie reckte ihre Nase in die Luft und schüttelte affektiert ihre langen blonden Locken. »Wie die sich wieder benehmen.«

»Und wie sie aussehen«, stöhnte Larissa und warf einen abfälligen Blick auf Lous knitteriges T-Shirt. »Als ob man sie frisch aus dem Mülleimer gezogen hätte.«

»Immer noch besser, als auf einem Goldhöckerchen zu sitzen und sofort Pusteln am Hintern zu kriegen, wenn er mal von stinknormaler Luft umweht wird«, zischte Emily Ronja im Vorbeigehen ins Ohr.

»Ts!«, machte Geli.

Sie strich demonstrativ über die Ärmel ihres offensichtlich funkelnagelneuen Edelblümchen-Shirts von Miss Sixty. »Wenn man sich nichts Gutes leisten kann, dann

ist es einem wohl auch nicht so wichtig, hübsch auszusehen.«
»Ätznelken«, knurrte Emily leise und pflanzte sich hastig auf ihren Stuhl zwischen Ratze und Lou.
Inzwischen war Frau Hammerschmied, die Englischlehrerin, nämlich hereingekommen. Sie machte wie immer ein strenges Gesicht, stellte ihre Tasche neben dem Tisch ab und wartete, bis Ruhe eingekehrt war.
»Good morning, girls and boys«, sagte sie dann.
»Good morning, Miss Hammerschmied«, echoten die Schüler.
»Misses«, korrigierte die Lehrerin sie.
»But, but, but ...!« Gelis Arm schnellte nach oben. Hektisch stieß sie mit ihrem Zeigefinger in Richtung Klassenraumdecke.
Frau Hammerschmied nickte ihr zu.
»What do you want to say, my dear?«
Geli ließ ihren Arm sinken, reckte sich kerzengerade auf und sagte: »But you are not married.«
Die Englischlehrerin nickte.
»Not yet. But on wednesday I'll be so.«
»What!«, schrie Emily. Diese alte Schachtel wollte heiraten! Sie konnte sich gar nicht vorstellen, dass es überhaupt einen Mann gab, der sie nahm. Und dann auch schon »Overtomorrow«?
Ein winziges Lächeln kräuselte sich um Frau Hammerschmieds Mundwinkel. Langsam kam sie auf Emily zu. »What do you mean?«

Emily zuckte die Schultern. »Overtomorrow eben«, sagte sie.
Lou drückte ihr ihren Ellenbogen in die Seite.
»Das heißt *the day after tomorrow«,* korrigierte sie ihre Freundin.
»Und wennschon«, zischte Emily. »Es ist doch das Gleiche.«
»Es hört sich aber ziemlich blöde an«, zischte Lou zurück. Ihre Klassenkameraden waren offenbar derselben Ansicht. Denn inzwischen war ein ziemliches Gelächter losgebrochen.
»Overtomorrow«, wiederholte Ronja. Sie schien sich das Wort richtig auf der Zunge zergehen zu lassen. »Ouuuvertumorrouuw. Wow! Ich habe noch nie was Blöderes gehört.«
»Ruhe bitte«, ermahnte Frau Hammerschmied die Klasse. Sie blickte Emily mit strenger Miene an. »Wie heißt das?«
Emily warf einen finsteren Blick zu Ronja hinüber. Diese zehntausendmal zum Mars und wieder zurück eingebildete Comtessen-Schnepfe sollte bloß nicht meinen, dass sie was Besseres war! Emily würde es ihr schon zeigen. Ihnen allen.
Sie setzte sich kerzengerade auf, sah der Englischlehrerin geradewegs in die Augen und rief:
»The day after tomorrow you' ll get married? I can't believe it!«
»More important is I do it«, erwiderte Frau Hammerschmied.

Wieder fingen alle an zu lachen. Alle außer Geli, Ronja und Larissa. Die wandten sich mit hoch erhobenen Köpfen ab und taten so, als ob sie mit alledem nichts zu tun hatten.
»Werden Sie dann eigentlich auch anders heißen?«, wollte Fabian wissen.
Die Lehrerin nickte. »Yes indeed. After marriage my new name will be Böhme.«
Emily verdrehte die Augen. »Aber das ist doch total unmodern.«
»Mag sein«, erwiderte Frau Hammerschmied. »Ich finde den Nachnamen meines zukünftigen Mannes allerdings ungeheuer praktisch, weil er so schön kurz ist. Außerdem gefällt er mir besser als meiner.«
»I would never do that«, sagte Larissa spitz. »I couldn't live, if I would lose my own name.«
Frau Hammerschmied lächelte. »Wir werden ja sehen, wie es mir damit geht. Wenn ich am Donnerstag nicht mehr auftauche, dann habe ich wohl einen Fehler gemacht«, sagte sie. »Auf jeden Fall finde ich, dass Larissa und Emily sich sehr gut auf Englisch ausdrücken können.«
Larissa ruckelte auf ihrem Stuhl herum, schraubte sich dabei immer höher und reckte stolz ihre Brust heraus.
»This is what my father says always every day, too«, erwiderte sie.
»Kotz«, murmelte Ratze.
Lou verdrehte die Augen. Von dieser Protzerei konnte man echt Magenschmerzen bekommen.

Nur Emily zeigte sich von Larissas angeberischem Gehabe wenig beeindruckt. »Frau Hammerschmied sagt das gar nicht jeden Tag«, erwiderte sie gelassen in Larissas Richtung. »Sie hat es heute zum ersten Mal getan.«
»Schon gut, Emily.« Die Englischlehrerin machte eine beschwichtigende Geste. »Ich möchte jetzt keinen Streit zwischen euch beiden«, sagte sie mit ernster Miene. »Es wäre mir sehr wichtig, dass ihr euch vertragt.«
»Wieso?«, platzte Ratze heraus.
Das war ja wohl ein absolutes Ding der Unmöglichkeit! Zwischen den *Comtessen* und den *Pfeffermiezen* hatte es noch nie Frieden gegeben. Im Gegenteil. Sie hassten einander aus vollem Herzen, und das war gut so.
»Das will ich dir ...«, Frau Hammerschmied blickte sich in der Klasse um, »euch gerne erklären«, sagte sie und machte eine bedeutungsvolle Pause.
Emily kniff die Augen zusammen, Ratze beugte sich erwartungsvoll nach vorne und Lou hielt vor lauter Spannung den Atem an. Ein flüchtiger Blick zu den *Comtessen* gab ihr zu verstehen, dass es ihnen nicht anders ging. Schade, dass Maleen nicht da ist, dachte sie bedauernd, aber auch voller Sorge. Mittlerweile hatte sie schon so viele wichtige Ereignisse und Aktionen verpasst. Es wurde höchste Zeit, dass sich daran endlich mal wieder was änderte.
»Ich möchte ein kleines Theaterstück einstudieren«, erzählte Frau Hammerschmied.
»Etwa auf Englisch?«, wollte Michael wissen.

Während er das fragte, versprühte er einen feinen Speichelnebel, der sich allmählich auf seine Unterlagen senkte. »Natürlich auf Englisch«, sagte Frau Hammerschmied. »Was habt ihr denn gedacht?«
Sofort fingen alle an zu stöhnen. Alle, bis auf die *Comtessen* und die *Pfeffermiezen*. Ratze, Emily und Lou guckten sich entsetzt an. Larissa ruckelte wieder auf ihrem Stuhl.
»Und ich spiele natürlich die Hauptrolle«, verkündete sie.
»Oh Gott, ist mir schlecht«, stöhnte Ratze.
Sie drückte die Hände auf ihren Bauch und krümmte sich mit verzerrtem Gesicht auf ihrem Stuhl herum.
»Schluss jetzt!«, rief die Englischlehrerin. »Regine Vladicz, wenn du nicht sofort mit diesem Unsinn aufhörst, darfst du dir die Klassenraumtür von außen betrachten.«
Fast wäre Ratze aufgesprungen und zur Tür gestürzt, aber das hätte ihr nur noch mehr Ärger eingebracht. Und den konnte sie sich gerade in Englisch nicht leisten. Sie richtete sich kerzengerade auf und versuchte, ein möglichst gespanntes Gesicht zu machen.
»Wir wollen nun weiter über das Theaterstück sprechen«, fuhr Frau Hammerschmied fort und fixierte Larissa, »in dem es nicht eine, sondern drei Hauptrollen gibt. Zwei weibliche und eine männliche.«
»Oh Gott«, presste Emily leise hervor. »Hoffentlich nimmt sie nicht Michael. Dann fall ich sofort tot um.«
»Wieso?«, wisperte Lou ihr ins Ohr. »Du wirst ihn schon nicht küssen müssen.«

Emily schüttelte sich. Michael küssen! Brrr! – Da konnte sie ja gleich ein Vollbad in abgestandenem Badewasser nehmen.
Aber zum Glück wählte Frau Hammerschmied nicht Michael, sondern Fabian aus. Er, Emily und Larissa mussten nach vorne kommen. Sie stellten sich so weit auseinander, dass man bequem noch ein paar Bulldozer zwischen ihnen hätte parken können. Larissa hatte eine knallrote Birne, Fabian wirkte außerordentlich genervt und Emily sah so aus, als ob sie intensiv über eine chemische Formel für ein Getränk, das einen unsichtbar werden ließ, nachgrübelte.
»Was ist das überhaupt für ein Theaterstück?«, fragte Ronja bissig.
Lou stupste Ratze in die Seite und grinste breit. Offenbar gönnte Ronja Larissa diese Rolle nicht. Kein Wunder, war sie doch bis über den Rand ihrer Ohren in Fabian verknallt!
»Das will ich euch ja gerade erzählen«, sagte Frau Hammerschmied. »Also – es handelt sich um ein kleines Stück über Freundschaft und Solidarität.«
Manche verdrehten die Augen und stöhnten, einige andere spitzten gespannt die Ohren und wieder andere wurschtelten gelangweilt mit ihren Kopien herum.
»Muss Fabian die etwa beide knutschen?«, schrie Karli und kringelte sich vor Vergnügen auf seinem Tisch.
Natürlich brüllten, kicherten und schmatzten alle durcheinander und Frau Hammerschmied hatte Mühe, wieder Ruhe in die Klasse zu bringen.

»Ich muss euch enttäuschen«, sagte sie, »aber in diesem Stück wird nicht geknutscht.« Sie zwinkerte Emily, Fabian und Larissa zu. »Das würde ich unseren Schauspielern hier auch gar nicht zumuten.«
»Oah, schade!«, riefen einige. »Warum denn nicht?«
»Weil das total ordinär ist«, sagte Ronja. Noch immer fixierte sie ihre Freundin mit finsterem Blick. »Larissa würde so etwas jedenfalls niemals tun.«
Emily drehte die Augen zur Decke und Fabians Gesicht wurde von einer sanften Röte überzogen, während Larissa offenbar überhaupt nicht mehr wusste, wo sie hingucken sollte. Nicht einmal Ronja konnte sie anschauen.
»Könntet ihr dieses Thema bitte auf die Pause vertagen«, meldete Frau Hammerschmied sich zu Wort. Sie drückte Emily, Fabian und Larissa ebenfalls eine Kopie des Theatertextes in die Hand, verteilte die Nebenrollen und forderte Lou auf, die Regieanweisungen zu lesen.
Es war ein schwieriger Text. Lou verhaspelte sich mindestens zwanzig Mal. Zum Glück lief es bei ihren Mitschülern nicht besser. Aber nachdem alle ihn dreimal vorgetragen hatten, ging es allmählich.
»Zum nächsten Mal lernt ihr bitte alle neuen Vokabeln«, rief Frau Hammerschmied gegen den Pausengong an.
»Oh, Mann!«, schrie Fabian. »Das sind doch mindestens hundert Stück!«
Auch Emily, Ratze und Lou stöhnten. Aber was half's? Für die Hammerschmied war Erbarmen schon immer ein Fremdwort gewesen.

Eine hilfreiche Entdeckung

Dummerweise konnte Ratze den verabredeten Nachmittagstermin nicht einhalten, weil ihrer Mutter urplötzlich eingefallen war, dass ihre Tochter dringend ein paar neue Klamotten brauchte.
Natürlich hatte Ratze mit allen Mitteln der Besäuselungskunst versucht, die Einkaufsaktion zu verschieben, aber ihre Mutter hatte sich da leider extrem unnachgiebig gezeigt.
Schließlich gab Emily Ratze den entscheidenden Stupser.
»Mach es. Dann hast du es hinter dir«, meinte sie. »Außerdem: Wer weiß, wann deine Mutter das nächste Mal Lust hat, Geld für dich auszugeben. Lou und ich können auch alleine planen und du wirst heute Abend natürlich sofort in alles eingeweiht.«
Ratze sah zähneknirschend ein, dass die Freundin recht hatte.

»Und vielleicht hast du dein Zeug ja so schnell zusammen, dass du hinterher noch ein bisschen für mich an dem blöden Jugendbuch arbeiten kannst.«

»Du spinnst ja!«, schnaufte Ratze. »Das mach ich nicht. Das kannst du komplett vergessen.«

»Dann erzählt mir wenigstens, worum es darin geht«, beharrte Emily.

Doch auch das lehnten Ratze und Lou nachdrücklich ab.

»Lesen macht Spaß«, sagte Lou. »Das wirst du schon sehen. Du musst dich bloß dazu überwinden.«

»Pah!«, brummte Emily. Sie zupfte Lou am Ärmel. »Komm, wir gehen in den Barkas.«

»Au ja!«, rief ihr fünfjähriger Bruder Dennis, der auf den Stufen vor der Haustür hockte und in der Nase popelte. »Ich komme mit!«

Er sprang auf und stürmte an seiner Schwester vorbei in den Garten.

»So weit kommt das noch, du Nervmonster«, knurrte Emily.

Sie rannte hinter Dennis her und packte ihn am Kragen. »Du bleibst schön hier vorne.«

»Tu ich gar nicht«, keifte Dennis. Er schlug wie wild um sich und trat nach Emilys Schienbeinen. »Lass mich los, du alte Blödzicke.«

Aber Emily hielt ihren Bruder so weit von sich weg, dass er sie mit seinen kurzen Armen und Beinen nicht richtig treffen konnte.

»Na, dann viel Spaß«, meinte Ratze grinsend.

Sie winkte ihren Freundinnen noch einmal zu und machte sich auf den Heimweg.
»Lauf schon mal vor und heb den Deckel an!«, rief Emily Lou zu.
Ihr Garten lag im hinteren Teil und war vom Rest des steinkampschen Grundstücks und zur Straße hin durch Zäune und dichte Sträucher getrennt. Betreten konnte man ihn nur durch ein rundes Loch in der Decke von Herrn Steinkamps unterirdischem Obst- und Gemüselagerraum. Man musste sich an einem Seil heraufhangeln und das Loch mit einer schweren Holzplatte verschließen. Erst dann war Emilys Garten wirklich sicher vor Dennis.
»Das ist doch Blödsinn«, erwiderte Lou. »Was sollen wir denn im Barkas rumhocken? Wir müssen Maleen helfen.«
»Wie stellst du dir das vor?«, sagte Emily, während sie mit dem noch immer um sich schlagenden Dennis kämpfte. »Sollen wir etwa ihre Mutter fesseln und knebeln, bis Maleen volljährig ist?«
Natürlich nicht!
»Ich möchte da trotzdem jetzt hin«, beharrte Lou. »Wenn ich nicht bald erfahre, wieso sie heute nicht in der Schule war, dann dreh ich noch durch.«
Emily stöhnte. »Und was ist mit meinem Kickboard? Ist das vielleicht gar nichts wert?«
Lou schüttelte unwillig den Kopf. Das war ja mal wieder typisch! Ein Menschenleben mit einem Kickboard zu vergleichen – so etwas kriegte wirklich nur Emily hin.

»Was ist denn los mit deinem blöden Kickboard?«, krähte Dennis. »Ist das etwa kaputt?«
»Schön wär's«, brummte Emily. Sie ließ ihren kleinen Bruder los. Der war so überrascht, dass er das Gleichgewicht verlor und der Länge nach auf die nasse Wiese purzelte.
»Das sag ich Mama«, jaulte er.
»Mach doch«, sagte Emily.
»Und ich sag ihr auch, dass du dein Kickboard kaputt machen willst«, schnaubte Dennis.
Lou fing an zu kichern und Emily verdrehte die Augen. »Mann, du bist wirklich zu blöd«, sagte sie.
Dennis rappelte sich auf und blitzte seine Schwester wütend an. »Und du erst!« Er stampfte mit den Füßen, verzerrte sein Gesicht zu einer abscheulichen Monsterfratze und wollte auf Emily losgehen.
Doch die Mädchen waren schneller.
»Komm, lass uns abhauen!«, zischte Emily. »Zu Maleen!«
Auf einmal war der Barkas vergessen. Die Mädchen ließen Dennis stehen und rannten zum Vordereingang, wo Lou ihr Fahrrad abgestellt hatte.
»Und was mach ich?«, fragte Emily. »Ohne Kickboard?«
Das war in der Tat ein Problem. Der Reiterhof Langenfeld lag außerhalb des Ortes. Mit dem Rad brauchte man ungefähr zwanzig Minuten bis dorthin – völlig unmöglich für Lou, Emily so lange auf dem Gepäckträger zu transportieren.
»Lass uns mal bei Ratze nachschauen«, schlug Lou vor. »Vielleicht hat sie ja ihr Fahrrad vor der Tür stehen lassen.«

»Hm«, machte Emily. »Eigentlich hätte ich ja nicht übel Lust, mir Jespers Prachtstück einfach unter den Nagel zu reißen.«
»Jetzt hör aber auf«, sagte Lou. »Wir haben auch so schon Trouble genug. Außerdem hast du Max' Handy. Vielleicht könnte man den JEMAYUS einen Tausch vorschlagen.«
»Und wenn sie's doch nicht haben«, meinte Emily nachdenklich. »Wenn's jemand anders geklaut hat?«
Lou schüttelte den Kopf. »Eher glaub ich wieder an den Weihnachtsmann. – Außerdem«, setzte sie hinzu, »können wir es mit dem Tauschvorschlag ja prima herausfinden. Ich schätze nämlich mal, dass Max sein Handy genauso gerne wiederhaben möchte wie du dein Kickboard.«
»Okay, okay«, murmelte Emily. Sie zog das Handy, das sie hütete wie einen millionenschweren Schatz, aus ihrer Jackentasche. »Zu blöd auch, dass wir mit dem Ding sonst nichts anfangen können.«
Neugierig beugte Lou sich über das Teil. »Wieso denn nicht?«, wollte sie wissen.
»Na, weil wir dafür Max' Pinnummer kennen müssten, du Dösel.«
Während Emily ihre Freundin über die Benutzung von Mobilfunktelefonen im »Allgemeinen« und »Speziellen« aufklärte, drückte sie wahllos auf den Tasten herum. Plötzlich leuchtete das Display hellblau auf. Der Name das Anbieters prangte mittendrin.

»Scheiße, Mensch!«, schrie Emily los. Aufgeregt packte sie Lou an der Schulter. »Ich glaube, das war gar nicht abgeschaltet.«
»Echt?«
Emily nickte. Sie benutzte nun beide Daumen, um die Pfeiltasten so schnell wie möglich bedienen zu können. »Jespers und Yussufs Handynummern sind gespeichert«, sagte sie. »Los, die müssen wir uns sofort aufschreiben, bevor der Akku leer ist.« Sie deutete auf die Batterieanzeige. »Wenn wir Glück haben, reicht es vielleicht noch bis heute Abend.«
Lou begann sofort, ihre Taschen zu durchwühlen. »Ich hab nix mit«, jammerte sie.
»Ich aber«, sagte Emily. Erneut griff sie in ihre Jackentasche, holte einen Kugelfilzer heraus und drückte ihn der Freundin in die Hand.
»Und was ist mit 'nem Zettel?«, fragte Lou.
»Schreib's dir auf die Hand«, befahl Emily.
»Wieso ich?« Lou kniff die Mundwinkel ein. »Du kannst es genauso gut auf di...«
»Ich muss das Handy bedienen«, unterbrach Emily sie mit wichtiger Miene. »Dir die Nummern diktieren ...«
Lou verdrehte die Augen. Das war mal wieder typisch! Emily war der Boss und das Volk machte die Drecksarbeit! Sie protestierte allerdings nicht weiter, sondern zog die Kappe des Filzers ab und kritzelte los. Schließlich wollte sie nicht streiten, sondern so schnell wie möglich zu Maleen. Und außerdem hatte sie ja auch noch was zu beichten.

Lou überlegte, ob sie es jetzt gleich tun sollte, solange Emilys Begeisterung über das funktionierende Handy noch frisch war. Sie verschob es dann aber doch wieder. Vielleicht ergab sich ja eine noch günstigere Gelegenheit – zum Beispiel, wenn sie mit Maleen sprachen. Dann wäre Lou Emilys Wut nicht alleine ausgeliefert …

Ein hoch komplizierter Plan und eine katastrophale Mitteilung

Dummerweise kamen Lou und Emily jedoch gar nicht dazu, überhaupt auch nur eine Silbe mit Maleen zu wechseln.

Nachdem sie sich Ratzes Rad geschnappt hatten und zum Reiterhof Langenfeld gebraust waren, standen sie nun vor Maleens Mutter, die sich als unüberwindliches Hindernis erwies.

»Maleen ist krank«, erklärte sie den Mädchen kurz angebunden. »Nichts Schlimmes, bloß eine Erkältung.«

»Können wir nicht wenigstens ganz kurz mit ihr sprechen?«, bettelte Lou. »Wir werden uns schon nicht anstecken.«

Frau Langenfeld kniff die Augen zusammen und blickte Emily und Lou mit strenger Miene an. »Kommt überhaupt nicht infrage«, sagte sie barsch. Sie zog die Haustür hin-

ter sich zu und nickte zur Reithalle hinüber. »Und jetzt entschuldigt, bitte – ich habe zu tun.«
Ohne ein weiteres Wort kehrte sie den Mädchen den Rücken zu und marschierte los.
»Wie kann man bloß dauernd so muffig sein«, sagte Emily kopfschüttelnd. »Wenn ich sie wäre, würde ich alle Spiegel im Haus abhängen, damit ich mir auf keinen Fall selbst begegne.«
»Ich glaube, sie hat ein Problem«, murmelte Lou.
»Eins?« Emilys Augenbrauen schnellten nach oben. »Ich glaube, sie hat einen ganzen Sack voll davon. Angefangen mit Pamela und deren Liebesaffäre mit diesem Stallknecht. Aber ich sag dir, wenn die das jetzt an uns und Maleen auslässt, dann ...«
»Was willst du denn da machen?«, fiel Lou ihr ins Wort. »Außerdem ist sie auch sauer auf uns. Schließlich haben wir Maleen dazu gebracht, auszureißen und über Nacht wegzubleiben.«
Emily ballte die Fäuste. »Ich sag dir was«, knurrte sie. »Wenn die so weitermacht, bringe ich Maleen noch mal zum Weglaufen. Aber dann richtig.«
»Jetzt spinn nicht rum«, sagte Lou. »Das hat doch alles keinen Sinn.« Sie schaute zur Reithalle hinüber, in der Frau Langenfeld vor ein paar Sekunden verschwunden war. »Lass uns lieber mal schauen, ob wir nicht doch mit Maleen sprechen können.«
Ehe Emily etwas erwidern konnte, hatte Lou bereits ihren Finger auf den Klingelknopf gelegt.

»Wenn sie krank ist, macht sie eh nicht auf«, meinte Emily. »Oder glaubst du, sie hat Lust, sich einen weiteren Anpfiff von ihrer Mutter zu holen?«

»Nein«, murmelte Lou. Dennoch hielt sie ihren Blick starr auf die Tür gerichtet. »Ich muss dir übrigens was sagen.« Ohne es bewusst zu beschließen, hatte Lou den Anfang gemacht. Mit Selbstüberrumpelungstaktik sozusagen. Jedenfalls konnte sie jetzt nicht mehr zurück.

»Das klingt aber verdammt nach Beichte«, sagte Emily.

»Ist es auch«, erwiderte Lou.

Und dann erzählte sie, dass sie vorgestern Maleen am Telefon offenbar mit einem JEMAYU verwechselt hatte. Ihre Stimme überschlug sich geradezu, so als ob sie dachte, dass die Sache durch schnelles Reden weniger schlimm auf ihre Freundin wirken würde. Doch Emily reagierte sowieso völlig anders, als Lou befürchtet hatte.

»Diese dreimal belämmerten Arschlöcher!«, zischte sie. »Was fällt denen ein?«

»Was regst du dich so auf?«, erwiderte Lou. »Genauso gut hätten wir das mit einem von ihnen machen können.«

»Hätten wir eben nicht«, brummte Emily. »Unsere Stimmen sind doch viel zu hoch. Auch wenn wir sie verstellt hätten, wäre denen das garantiert sofort aufgefallen. Blöd sind die ja nicht.«

Aber ich, dachte Lou schuldbewusst. Im Gegensatz zu Emily konnte sie sich ihren Patzer immer noch nicht so richtig verzeihen.

»Dann machen wir eben was anderes mit ihnen«, sagte sie. »Wir müssen ja ohnehin etwas wegen deines Kickboards unternehmen.«

Emily starrte vor sich hin. »Allerdings.«

Für eine Weile wirkte sie wie weggetreten, was stets ein eindeutiges Zeichen dafür war, dass sie was ganz Besonderes ausbrütete. Wenn Emily sich in einem solchen Zustand befand, war es besser, sie nicht zu stören, und so wartete Lou geduldig, bis wieder Leben in ihre Freundin kam.

»Ich glaube, ich hab's«, murmelte Emily gedehnt. Wie in Zeitlupe griff sie in ihre Jackentasche und holte das Handy daraus hervor. »Wir schicken jetzt jeweils eine SMS an Jesper und an Yussuf.«

»Wozu soll das gut sein?«, wollte Lou wissen.

Doch Emily war noch nicht fertig. »Und dann schmuggeln wir es den *Comtessen* unter«, fuhr sie fort, ohne auf die Frage ihrer Freundin einzugehen.

»Das Handy?«, rief Lou. »Aber das brauchst du doch, um es gegen das Kickboard einzutauschen.«

Emily drückte ihr beschwichtigend die Hand auf den Arm. »Nur keine Panik, das geht trotzdem noch. Es wird dann zwar alles ein bisschen komplizierter«, gab sie zu, »aber so können wir gleich drei Fliegen mit einer Klappe schlagen.«

Lou riss Augen und Mund auf und guckte Emily erwartungsvoll an. Sie musste sich allerdings noch einmal gedulden, bis sie eine Erklärung bekam, denn in diesem

Augenblick erschien Frau Langenfeld im Tor der Reithalle, sah zu ihnen herüber und kam mit energischen Schritten auf sie zu.

»Ihr seid ja immer noch hier«, sagte sie zornig. »Versteht ihr denn nicht: Maleen ist nicht zu sprechen. Außerdem ...« Sie reckte ihren Hals und atmete einmal tief ein. »Außerdem möchte ich nie wieder eine von euch auf meinem Hof sehen. Habt ihr verstanden?«

»A-aber Maleen ist unsere Freundin«, sagte Lou empört.

»Das ist sie vielleicht mal gewesen«, erwiderte Frau Langenfeld. »Ich habe ihr allerdings jeden weiteren Kontakt mit euch verboten.«

Drei Fliegen

Als Emily und Lou ihre Fahrräder stoppten, lag der Reiterhof bereits außer Sichtweite.
Nach Frau Langenfelds letzten Worten hatten die Mädchen sich nur kurz angesehen. Dann waren sie losgerast und hatten sich, ohne ein einziges Wort zu wechseln, auf die Räder geschwungen.
»Die ist ja wohl nicht ganz dicht!«, keuchte Emily völlig außer Atem. Sie hievte Ratzes Fahrrad auf den Bürgersteig und schaute Lou wütend an.
Die hatte bereits Tränen in den Augen stehen.
»Sie darf Maleen doch nicht einfach verbieten, sich mit uns zu treffen«, schniefte sie. »Das kann sie uns doch nicht antun.«
»Kann sie auch nicht«, erwiderte Emily. »Schließlich muss Maleen zur Schule gehen. Und da werden wir miteinander reden. Ob es dieser beknackten Frau Langenfeld nun passt oder nicht.«

Lou wischte sich die Nase an ihrem Ärmel ab und nickte. Emily hatte recht. Irgendwann würde Maleens Mutter sich auch wieder einkriegen und die ganze Sache vergessen. Völlig egal, wie lange es dauerte, Lou würde warten. Und wenn ihr die Haare wegschimmelten. Maleen war ihre Freundin, verdammt noch mal! Das musste doch auch so eine verkniffene Frau Langenfeld kapieren. Und wenn nicht – ja, dann würde Maleen eben doch wieder abhauen. Oder sie würden sich nachts treffen. Irgendwas würde ihnen schon einfallen!

Zunächst einmal war Emily allerdings die Sache mit dem Handy und den drei Fliegen wichtiger. »Pass auf«, sagte sie in einem Tonfall, der Lou signalisierte, dass ab sofort allerhöchste Konzentration angesagt war. »Zuerst schicken wir Jesper, Yussuf und Max Liebesbotschaften.«

»Max?« Lou kapierte nun überhaupt nichts mehr. »Wieso denn Max? Ich dachte, du wolltest nur Jesper und Yussuf eine SMS rüberbeamen.« Sie schüttelte unwillig den Kopf. »Was ja sowieso totaler Schwachsinn ist, wenn wir Max' Handy dafür benutzen.«

»Nicht, wenn wir das Ding morgen in Ronjas Rucksack stecken«, erwiderte Emily.

»Aber du kannst doch Max nicht von seinem eigenen Handy aus ansimsen«, wandte Lou sofort ein.

»Will ich ja auch gar nicht«, sagte Emily.

»Was dann?«, wollte Lou wissen.

»Er kriegt seine Botschaft mit der Post.«

Wieder schüttelte Lou den Kopf. »Ich verstehe einfach nicht, wozu das gut sein soll.«
»Ist doch ganz einfach«, brummte Emily. »Es ist eine Art Ablenkungsmanöver«, erklärte sie der immer noch verständnislos dreinblickenden Lou. »Wenn die JEMAYUS geheimnisvolle Liebesbotschaften bekommen, werden sie die Sache mit Ratze bestimmt nicht mehr so ernst nehmen.«
»Na, wenn du dich da mal nicht vergaloppierst«, meinte Lou skeptisch. Doch Emily wollte von den Zweifeln ihrer Freundin nichts wissen. »Einen Versuch ist es allemal wert. Vor allen Dingen, weil wir die *Comtessen* damit gleichzeitig bis auf die Knochen blamieren können.«
»Versteh ich nicht«, seufzte Lou. »Die JEMAYUS wissen doch überhaupt nicht, dass die *Comtessen* das Handy haben. Woher auch! Sie kennen sich doch gar nicht!«
»Das kann man ändern«, entgegnete Emily. »Denn jetzt kommt der Clou!«
»Ach ja?« Lou schaute die Freundin mit großen Augen an. Doch wie immer kostete Emily ihren Triumph aus. Sie hob die Augenbrauen und grinste, sagte aber nichts.
»Jetzt rück schon raus mit deiner Superidee«, drängelte Lou. »Sonst kannst du gleich beide Räder nach Hause schieben, weil ich nämlich vor Ungeduld geplatzt bin.«
»Schon gut, schon gut«, wiegelte Emily ab. »Ich dachte, du kommst vielleicht doch noch selber drauf.«
»Offenbar bin ich zu blöd«, sagte Lou. »Und jetzt rede endlich!«

»Also«, begann Emily, »eigentlich ist es ganz simpel.« Sie ließ das Fremdwort genüsslich auf der Zunge zergehen, was Lou geflissentlich übersah. Auch das gehörte zu Emilys Spezialmacken: Fremdwörter gebrauchen und sich darüber zu freuen, wenn Ratze, Maleen oder Lou sie nicht verstanden.

»Wir erzählen den JEMAYUS, dass uns das Handy geklaut wurde«, sagte Emily, nachdem Lou keine Anstalten machte, auf ihre letzte Bemerkung zu reagieren. »Dass wir wüssten, wer es hätte, es aber nur verraten, wenn sie mir das Kickboard zurückgeben.«

»Puh«, stöhnte Lou. »Das ist aber wirklich reichlich kompliziert.«

Emily zuckte die Achseln. »Das ist eben so, wenn man drei Fliegen mit einer Klappe schlagen will«, brummte sie. »Immerhin muss ja auch dein Patzer wegen der Verwechslung mit Maleen wieder ausgebügelt werden.«

Aha! – Da kam er also doch noch, der Vorwurf. Hätte Lou sich ja denken können. Eins zu null für Emily. Immer wusste sie haargenau, wie sie die Schwächen der anderen für sich nutzen konnte!

Wirklich böse war Lou ihr deshalb aber nicht. Immerhin versprach diese Handy-Geschichte eine aufregende Sache zu werden. Und damit ein bisschen Ablenkung vor all dem Theater, das ihnen mit Maleen und ihrer kreuzbescheuerten Mutter ins Haus stand.

Ab in den Kosmos

Sie stellten Ratzes Fahrrad auf seinen Platz zurück und klingelten anschließend an der Haustür. Es dauerte eine Weile, bis Frau Vladicz öffnete.
»Oh, ihr seid das«, sagte sie. »Ich glaube, Regine hockt noch über den Schularbeiten.«
Sie ließ die Mädchen eintreten und die stürmten sofort in Ratzes Zimmer. Die Freundin hockte hinter dem Schreibtisch und nagte an ihrem Füller.
»Was wollt ihr denn hier?«, brummte sie. »So werde ich ja nie fertig.«
»Nette Begrüßung«, erwiderte Emliy. Sie baute sich neben Ratze auf und überflog ihre Aufzeichnungen. »Schreib bloß nicht zu viel«, sagte sie. »Sonst fällt es zu sehr auf, dass ich noch gar nichts habe.«
»Selber schuld«, erwiderte Ratze. »Lies das Buch und mach die Aufgaben oder lass es und kassier eine Sechs.«
»Du bist echt hartherzig«, brummte Emily. Sie nahm Rat-

ze den Füller aus der Hand, stülpte die Kappe über die Feder und klappte das Heft zu. »Aber das musst du mit deinem Gewissen vereinbaren. Hauptsache, du hast jetzt mal eine halbe Stunde Zeit für wirklich wichtige Dinge.«

Ratze wollte protestieren. Sie schnappte nach dem Füller und versuchte, ihr Heft wieder aufzuschlagen. Doch Emily stützte einfach ihre Hand darauf. »Lou hat dir nämlich was zu gestehen.«

»W-was?«, stotterte die.

Wütend kniff sie Emily in den Arm. Sie fand es gar nicht witzig, derart überrumpelt zu werden. Aber Emily kicherte bloß. Sie hatte nämlich erreicht, was sie wollte: Ratze war neugierig geworden. Mit glänzenden Augen schaute sie die leichenblasse Lou an.

»Was denn? Hat sie etwa endlich zugegeben, dass sie Yussuf liebt?«

Augenblicklich verschwand die Blässe aus Lous Gesicht und ihre Backen fingen an zu glühen. »Quatsch!«, sagte sie heftig.

Ratze lehnte sich in ihren Stuhl zurück und grinste. »War doch nur Spaß.«

Eigentlich war allen klar, dass das nicht so ganz stimmte. Schließlich war es ein offenes Geheimnis, dass jede *Pfeffermieze* ihren ganz persönlichen Lieblingsfeind unter den JEMAYUS hatte.

Und der von Lou war eben Yussuf. Aber das hatte natürlich mit Liebe nichts zu tun.

»Der Spaß wird dir gleich vergehen«, verkündete Emily. »Max glaubt nämlich, dass du in ihn verknallt bist. Und das hast du Lou zu verdanken.«
Jetzt war es Ratze, die bleich wie eine frisch getünchte Wand wurde.
»Jetzt hör schon auf!«, zischte Lou.
Doch der Zug war abgefahren.
»Wieso glaubt Max, dass ich in ihn verknallt bin?«, fragte Ratze tonlos.
»Na, warum wohl?«, tönte Emily. »Weil Lou es ihm gesagt hat.«
»Was hast du?« Ratzes Augen verengten sich. Mit geballten Fäusten stürzte sie auf Lou los und begann, auf ihre Brust einzuhämmern. »Du gemeine Ziege! Was fällt dir ein?«
Vor Zorn war Ratze jetzt wutrot im Gesicht. Sie war völlig außer Kontrolle geraten und Lou wusste sich nicht mehr anders zu helfen, als ihr gegen das Schienbein zu treten.
»Aouuh!«, jaulte Ratze auf.
Sie stolperte zurück und fiel mit schmerzverzerrtem Gesicht auf ihr Bett.
»Spinnst du!«, fauchte Emily Lou an.
»Ich?«, brüllte die. »Ich glaube eher, du spinnst.«
Natürlich tat es ihr leid, dass sie Ratze wehgetan hatte. Und das sagte sie auch. »Ich wollte das nicht«, entschuldigte sie sich und ging langsam auf das Bett zu. »Ehrlich. Und was Emily da behauptet hat, stimmt so

auch gar nicht.« Einen halben Meter vor dem Bett blieb Lou stehen und erzählte Ratze stockend die ganze Geschichte.
»Und das ist auch wahr?«, fragte die leise, ohne den Kopf zu heben. »Es war wirklich eine Verwechslung? Du hast es bestimmt nicht absichtlich getan?«
»Ratze, was denkst du denn von mir?«, rief Lou bestürzt.
»Na ja ...« Langsam hob Ratze den Kopf und drehte ihn Emily zu. »Du vielleicht nicht, aber ...«
Emily schnappte geräuschvoll nach Luft. »Du glaubst, ich hätte ...?« Sie schüttelte energisch den Kopf. »... und dann Lou alles in die Schuhe geschoben?«
Das war hirnrissig. Und das wussten sie auch. Mit Emily war einfach mal wieder das Temperament durchgegangen.
»Ich wollte Ratze bloß ein bisschen schocken«, gab sie zu und scharrte betreten mit der Schuhspitze über den Boden. »War vielleicht nicht so gut.«
»Allerdings«, brummte Lou. Sie hockte sich zu Ratze auf die Bettkante und legte ihr zögernd die Hand auf den Arm. »Wie kommst du bloß darauf zu denken, eine von uns könnte so etwas mit Absicht tun?«
Ratze schluckte. Sie drehte den Kopf wieder weg und starrte auf die Beule, die an ihrem Schienbein wuchs. »Weil ihr es doch auch denkt«, sagte sie leise. »Dass ich in Max ...« Sie stockte. »Und da hab ich eben gedacht, dass ihr mich blamieren wolltet, damit gar nicht erst was abläuft.«

»Wie meinst du das – was abläuft?«, fragte Emily.
»Na, zwischen Max und mir«, sagte Ratze zu ihrer Beule.
Emily und Lou guckten sich an.
»Würde es das denn?«, fragte Emily.
Ratze schwieg. Plötzlich lag eine Spannung in der Luft, die jeden Augenblick zu explodieren drohte.
»Nein«, sagte sie schließlich. »Natürlich nicht.« Es klang entschieden. Aber es hörte sich nicht ganz ehrlich an, fand Lou. Emily schien jedoch zufrieden zu sein. »Gut«, sagte sie. »Wir müssen mit dieser Geschichte nämlich noch ein bisschen weitermachen.«
Ratze runzelte die Stirn. Sie riss den Mund auf und wollte protestieren, doch Emily bedeutete ihr, dass sie ihr alles erklären würde. Sie hockte sich vor dem Bett auf den Boden und erzählte Ratze von dem Plan mit den drei Fliegen, den die allerdings nur wenig begeistert aufnahm.
»Noch eine Liebesbotschaft an Max?« Sie schüttelte den Kopf. »Nur über meine Leiche.«
»Aber doch nicht von dir«, sagte Lou. »Von Geli oder Larissa.«
»Nee«, erwiderte Ratze. »Das will ich nicht.«
»Und wieso nicht?«
Darauf wusste Ratze auch nichts zu sagen. Sie wollte es ganz einfach nicht, das war alles.
»Es sind unsere JEMAYUS«, sagte sie. »Die *Comtessen* haben gar nichts mit denen zu schaffen.«
»Eben«, bestätigte Emily. »So soll es ja auch bleiben. Und deshalb schadet es überhaupt nichts, wenn die

JEMAYUS ticken, dass es noch beklopptere Mädchen gibt als ...«
Lou fuhr ihr sofort dazwischen. »Du meinst doch wohl nicht uns!«
»Natürlich meine ich uns«, erwiderte Emily. »In Jespers, Max' und Yussufs Augen sind wir doch bekloppt. Genauso bekloppt, wie wir sie finden, oder?«
Ratze und Lou guckten zuerst einander und dann Emily an.
»Ich finde, es reicht, wenn sie unsere Feinde sind«, sagte Ratze und Lou nickte. »Für so wahnsinnig bekloppt muss ich sie gar nicht halten.«
»Okay, okay«, lenkte Emily ein. Für ihren Geschmack diskutierten sie ohnehin schon viel zu lange um den eigentlichen Brei herum. »Hauptsache, die JEMAYUS ärgern sich schwarz.«
Sie stand vom Boden auf, ging zu Ratzes Schreibtisch hinüber und riss die letzte leere Seite aus ihrem Deutschheft heraus.
»Sag mal, spinnst du!« Ratze sprang vom Bett und hechtete auf Emily zu. »Das ist mein Schulheft.«
»Stell dich nicht so an«, brummte Emily. Sie wühlte einen rosa Filzstift aus Ratzes Federtasche und drückte ihn ihr in die Hand. »So, und jetzt schreib: Geliebter Max ...«
»Tu ich nicht«, schnaubte Ratze.
»Himmel noch mal!« Emily verdrehte die Augen. Sie schnappte sich den Filzer, ließ sich auf den Stuhl sinken und schrieb selber.

Geliebter Max,
weißt du eigentlich, wie lange ich dich schon heimlich beobachte? Du hast die tollsten Augen und die lustigsten Sommersprossen der Welt. Außerdem mag ich Jungs, die so stark sind wie du.
Deine L.

Lou, die inzwischen ebenfalls herübergekommen war und Emily über die Schulter guckte, kicherte.
»So stark, *ts!* – Solltest du nicht lieber *so dick* schreiben?«
»Max ist nicht dick«, sagte Ratze empört.
Emily drehte sich zu ihr um. »Natürlich nicht«, erwiderte sie. »Bloß ein bisschen lang – in der Breite.«
Ratze verschränkte die Arme über der Brust und reckte wütend ihr Kinn heraus. »Ihr seid gemein!«, knurrte sie. »Genauso gut könnte ich sagen, dass Yussuf ein Mickerling ist. Und Jesper ... Jesper ...«
Emily hob die Augenbrauen. »Was ist mit Jesper?«
Ratze überlegte.
Tatsache war: Über Jesper gab es leider überhaupt nichts Negatives zu sagen. Er war normal groß, sah ganz normal aus und war ebenso normal nett.
»Jesper ist ein Langweiler«, sagte Ratze.
Die Mädchen kniffen die Augen zusammen. Wütend guckten sie einander an. Aber dann, ganz plötzlich, lachten sie los.
»Wir haben schon ein paar tolle Feinde«, quietschte Ratze. »Bessere kann man sich gar nicht wünschen.«

»Darauf schmeiß ich eine Runde *Peppermint Cats!«*, verkündete Emily. Sie zerrte eine Schachtel der katzenkopfförmigen Pfefferminzdrops aus der einen Jackentasche und das Handy aus der anderen. »Und dann sind die Simse dran, bevor der Akku sich noch verabschiedet.«
Die Mädchen schoben sich gegenseitig ihre jeweiligen Lieblingsdropssorten in den Mund und steckten anschließend ihre Köpfe über dem Handy zusammen.
»Zuerst die Nummer«, sagte Ratze. »Danach der Text und dann ab ...«, sie machte eine weit ausschweifende Armbewegung, »... in den Kosmos.«
»Jaja«, grummelte Emily. »Jetzt tu mal nicht so, als ob du dich so supergut mit den Dingern auskennst. Die SMS soll bei Jesper ankommen und sonst nix.«
»Tut sie ja auch«, erwiderte Ratze. »Mein Vater macht das immer so.«
»Jaja«, sagte Emily noch einmal.
Sie schnappte sich Lous Handfläche und tippte Jespers Nummer ein.
»Was schreiben wir denn überhaupt?«, wollte Lou wissen.
»Na, das Gleiche wie an Max«, sagte Emily, während sie hektisch auf den Tasten herumdrückte.
»Das ist doch langweilig«, meinte Lou. »Außerdem hat Jesper keine einzige Sommersprosse.«
»Es geht sowieso nicht«, sagte Ratze. »Wenn alle drei Jungs denselben Text bekommen, dann ticken die doch gleich, dass sie gearscht werden.«

»Stimmt«, murmelte Emily.
Sie löschte die ersten Wörter wieder und fing noch mal von vorne an.

```
hi jesper,
du bist der coolste typ der gegend
love ronny ;-))
```

»Love, Ronny.« Lou verdrehte die Augen. »Wie kitschig.«
»Der Brief an Max ist ja wohl noch kitschiger«, entgegnete Emily.
Ratze nickte. »Oberkitschig. So was würde ich nie schreiben. Und wenn ich vor lauter Liebe meinen Verstand vernebelt hätte.«
»Das kann ja zum Glück nicht passieren«, meinte Lou grinsend, woraufhin Ratze sie in den Arm zwickte.
»Autsch!«, rief Lou. Dann fing sie an zu kichern.
»Silentio!«, knurrte Emily. »Ich muss mich konzentrieren.«
»Silentio?« Lou hörte mit dem Gekichere auf und blickte Emily erstaunt an. »Was ist das denn?«
Auch Ratze hob verwundert die Augenbrauen. Allmählich kannten sie und Lou nämlich die meisten Fremdwörter, die Emily benutzte.
»Was Neues«, klärte die ihre Freundinnen auf. »Heißt so viel wie Ruhe.«
»Aha.« Lou kicherte von Neuem los.
Sie wusste selber nicht, was auf einmal mit ihr los war.

Eigentlich war sie ziemlich fertig mit der Welt. Die Sache mit Maleen bereitete ihr wirklich ernsthaft Sorgen. Aber damit wollte sie Emily jetzt nicht die Laune verderben. Die musste erst mal ihre Drei-Fliegen-Aktion durchziehen. Danach konnte man weitersehen.
Lou wischte die dummen Gedanken beiseite und schaute auf Emilys Finger, die über die eng liegende Handy-Tastatur hüpften.
»So, fertig«, verkündete sie und hielt Ratze und Lou das Display unter die Nase.

hallo yussuf,
♥♥♥♥♥ - du bist sooooooo süß!!!! g.

»Na ja«, meinte Lou. »So süß ist er ja nun auch wieder nicht.«
Emily warf ihr einen strafenden Blick zu.
»Er ist nicht mal ein bisschen süß«, sagte sie. »Er ist einfach bloß Yussuf.« Sie drückte auf eine Taste und schickte damit auch diese SMS ab. »So, und morgen kommt dann der schwierigere Teil der Geschichte.«

Krank ohne Fieber

Frau Langenfeld saß stocksteif am Tisch und schnitt ihr Salamibrot energisch in mundgerechte Stücke. Niemand sagte ein Wort.

Pamela starrte mit blutleerem Gesicht auf ihren unberührten Teller und Maleen kaute lustlos auf einem Gurkenstück herum.

Dieses spannungsgeladene Schweigen dauerte nun schon mehr als zwei Tage und war kaum noch zu ertragen. Irgendwann musste es doch auch mal wieder gut sein.

Maleen beschloss, den Anfang zu machen. Sie schluckte das Gurkenstück hinunter und räusperte sich, bevor sie sich nach dem neuen Wallach erkundigte. »Wem gehört eigentlich Clypso?«

Ihre Mutter ließ das Besteck sinken und schaute sie scharf an. »Was interessiert dich das denn? Bisher waren dir die Pferde doch völlig egal.«

»Das stimmt nicht, Mama«, sagte Maleen mit gesenktem Blick. Sie hatte versucht, ihrer Mutter in die Augen zu gucken, aber es ging einfach nicht. Ihr Herz klopfte zum Gotterbarmen. »Ich habe Angst vor ihnen. Aber egal sind sie mir nicht.«

Frau Langenfeld musterte ihre jüngere Tochter schweigend. Schließlich nahm sie Messer und Gabel wieder auf und bearbeitete ihr Brot weiter. »Ich weiß, dass du Angst hast«, sagte sie. »Aus vollkommen unerklärlichen Gründen übrigens«, fügte sie nach einer kleinen Pause in harschem Tonfall hinzu.

»Trotzdem könntest du ihr ihre Frage beantworten«, mischte Pamela sich ein. »Mich interessiert nämlich auch, was mit Clypso passiert.«

»Tatsächlich?« Frau Langenfeld kniff die Augen zusammen. »Ich dachte eigentlich, du interessierst dich nur noch für polnische Stallburschen.«

»Mama!« Empört sprang Pamela von ihrem Stuhl auf. »Ich finde es unmöglich, wie du über Darius redest.«

»Meinetwegen.« Frau Langenfeld zuckte gelangweilt mit der Schulter. »Diesbezüglich kannst du gerne denken, was du willst. Tatsache ist: Du wirst ihn nicht wiedersehen.«

»Das kannst du mir gar nicht verbieten!«, rief Pamela wütend.

Maleen zog sicherheitshalber den Kopf ein. Garantiert würde es jetzt ein Riesentheater geben.

»Du bist noch nicht volljährig, mein Kind«, donnerte ihre

Mutter los. »Und bis es so weit ist, kann ich dir alles verbieten, was dir nicht guttut«

»Ha!«, schrie Pamela. »Du hast doch gar keine Ahnung, was mir guttut.«

Frau Langenfeld holte einmal tief Luft. »Und wie ich das habe«, behauptete sie. »Ich weiß genau, was mit dir los ist. Du kannst im Moment gar keine vernünftige Entscheidung treffen.«

»Das will ich auch gar nicht!« Pamelas Stimme überschlug sich fast. »Ich habe mich schon entschieden. Ich liebe Darius.«

»Das ist der allergrößte Blödsinn, der mir jemals untergekommen ist«, entgegnete ihre Mutter mit einem spöttischen Lächeln auf den dünnen Lippen. »Du hast dich verknallt, okay ... Aber so etwas wie Liebe braucht viel mehr Zeit, um zu wachsen. Und genau aus diesem Grunde wirst du ein intensives Training mit Sebastian beginnen. Ich dulde es nicht mehr, dass du dich in deinem Zimmer verkriechst und dein Talent in dummer Gefühlsduselei verschleuderst.« Ihre Stimme wurde allmählich wieder sanfter. »Wenn du erst einmal eine Woche mit Sebastian und den Pferden verbracht hast, wirst du schon merken, wo du hingehörst.«

»Mit Sebastian ist Schluss!«, sagte Pamela. Sie stemmte die Fäuste in die Taille und blickte ihre Mutter aus funkelnden Augen an. »Hast du kapiert? Mit ihm wird nie wieder was laufen. Er ist viel zu alt für mich.«

Maleen verkroch sich immer tiefer hinter ihrem Teller, weil

sie damit rechnete, dass ihre Mutter jeden Augenblick explodieren müsste. Aber genau das Gegenteil war der Fall. Frau Langenfeld zeigte sich überraschenderweise völlig unbeeindruckt von Pamelas Ausbruch. Je wütender ihre Tochter wurde, desto ruhiger schien sie darauf zu reagieren.
»Vor einem Monat bist du in der Hinsicht aber noch ganz anderer Meinung gewesen«, erwiderte sie nun. »Und auch ich sehe euren Altersunterschied eher undramatisch. Sebastian ist reif genug, um das entsprechende Verständnis für deine Eskapaden aufbringen zu können. Glaub mir, er ist genau der Richtige für dich. Und ich bin sicher, er wird dir verzeihen.«
»Pah! Und wennschon!«, schnaubte Pamela.
Frau Langenfeld schob eins der abgeschnittenen Brotstücke auf ihrem Teller hin und her und tat so, als ob sie ihre Tochter gar nicht gehört hätte. »Ich plädiere also an deine Vernunft.«
»Weißt du, was?«, fauchte Pamela. »Du kannst mich mal mit deiner blöden Vernunft. Ich will überhaupt nicht vernünftig sein. Ich will ...«
»Wenn du in meinem Haus wohnen willst, dann wirst du das wohl müssen«, unterbrach Frau Langenfeld ihren Ausbruch.
»Heißt das etwa, du willst sie zu Papa nach Frankreich schicken?«, platzte Maleen heraus.
»Natürlich nicht.« Frau Langenfeld guckte ihre Jüngste irritiert an. »Wie kommst du denn darauf?« Sie schüttelte den Kopf. »Nein, nein. Wenn deine Schwester sich nicht einsichtig zeigt, dann kommt sie in ein Internat.«

Pamela kniff ihre Augen zu zwei bleistiftstrichdünnen Schlitzen zusammen. »Das wagst du nicht, Mama«, sagte sie drohend. »Wenn du das tust, werde ich mich nie wieder auf einen Pferderücken setzen.«
Ihre Mutter zuckte die Schultern und lächelte überheblich. »Du kannst doch ohne Reiten überhaupt nicht leben.«
»Und du«, sagte Pamela mit eiskalter Stimme. »Du hast nicht den Funken einer Ahnung!«
Sie drehte sich auf dem Absatz um und rannte in den Flur. Ihre stampfenden Schritte waren die ganze Treppe hinauf bis zu ihrer Zimmertür zu hören. Dann ertönte ein Knall und anschließend war Ruhe.
Jetzt heult sie bestimmt wieder, dachte Maleen bedrückt. Mittlerweile war die Genugtuung darüber, dass aus der Pamela-Mustertochter, die von der Mutter von vorne bis hinten verhätschelt wurde, das Pamela-Monstermädchen geworden war, total verflogen.
Maleen fand ihre Mutter einfach nur noch ungerecht und gemein und Pamela tat ihr ehrlich leid. Dennoch traute sie sich nicht, für ihre große Schwester Partei zu ergreifen, schließlich hatte sie ihre eigenen Probleme.
Sie beschloss, das Thema Clypso mit allem, was damit zusammenhing, erst einmal beiseitezulassen, und sagte so fröhlich wie möglich: »Ich glaube, ich kann morgen wieder in die Schule gehen, Mama. Das Fieber ist runter und mein Hals tut auch nicht mehr weh.«
Frau Langenfeld nickte. »Das ist schön«, meinte sie. »Aber zur Schule kannst du trotzdem noch nicht. Erstens

solltest du dich gründlich auskurieren und zweitens ist die Ummeldung noch nicht abgeschlossen.«

»Die Ummeldung?«, fragte Maleen mit zitternder Stimme. »Welche Ummeldung?«

Sie ahnte Schreckliches. Für einen kurzen Moment verfluchte sie sich, dass sie das Thema überhaupt angefangen hatte. Aber das machte ja auch keinen Sinn. Wenn sie nicht jeden Augenblick aus diesem Albtraum erwachte, dann musste sie sich sowieso mit den Tatsachen auseinandersetzen. Und tatsächlich! Maleens Befürchtungen bestätigten sich.

»Ab nächsten Montag wirst du auf die Realschule in der Rhodestraße gehen«, eröffnete ihre Mutter ihr. »Erstens wirst du dann einen sehr viel kürzeren Schulweg haben und zweitens kommt eine Realschule deinen Leistungen auch mehr entgegen als ein Gymnasium.«

Und drittens willst du verhindern, dass ich Lou, Ratze und Emily wiedertreffe, dachte Maleen. Vor Wut stiegen ihr die Tränen in die Augen.

»Du bist so gemein«, presste sie hervor. »Du bist gar keine richtige Mutter!«, schrie sie ihr Butterbrot an. Dann heulte sie los.

Frau Langenfeld schwieg. Mit völlig unbewegtem Gesicht spießte sie ein Brotstück auf ihre Gabel und schob es sich in den Mund. »Und was diesen Wallach betrifft«, sagte sie, nachdem sie fertig gekaut hatte. »Der wird sicher nicht mehr lange bei uns sein.«

Für Elise

»Wann machen wir es?«, raunte Ratze Emily während der Geschichtsstunde zu.
»In der großen Pause«, wisperte die zurück.
Der Brief an Max lag seit dem vorherigen Abend ordnungsgemäß frankiert im Kasten der Hauptpost und würde spätestens am nächsten Morgen sein Ziel erreichen.
»Und nach der Schule rufen wir Jesper an.«
»Wieso Jesper?«, erwiderte Ratze. »Das Kickboard ist doch bei Max.«
»Woher willst du das wissen?«, brummte Emily.
Sie ließ ihren Zeigefinger über die Seiten ihres aufgeschlagenen Buches gleiten, damit Herr Grantz den Eindruck hatte, dass sie sich mit dem Text beschäftigte. Doch natürlich hatte der Geschichtslehrer das Geflüster längst bemerkt. Er erhob sich von seinem Stuhl und schlenderte langsam auf Emily und Ratze zu.
»Psst«, machte Lou. »Der Grantz kommt.«

»Allerdings«, sagte der Geschichtslehrer. Er baute sich vor Emily auf und setzte seinen Zeigefinger neben ihren in das Buch. »Ich wundere mich nämlich schon die ganze Zeit, in welch rasanter Geschwindigkeit du lesen kannst.«
»Ich? – Äh? Wieso?« Emily guckte ihn verwundert an.
Herr Grantz lächelte. »Genau«, sagte er. »Eben das frage ich mich ja auch. Und deshalb schlage ich vor, dass du uns rasch eine Zusammenfassung gibst. Dann können deine Klassenkameraden es sich nämlich sparen, den ganzen Text zu lesen.«
»Äh ... ja ...«, stammelte Emily. »Also ...«
Weiter kam sie nicht. Denn natürlich hatte sie nicht eine einzige Silbe gelesen. Außerdem – und das war vielleicht ihre Rettung – ertönte plötzlich eine leise, aber durchdringend gepiepste Melodie unter ihrem Tisch.
»Was ist denn das schon wieder?«, fragte Herr Grantz. Mit ärgerlich zusammengeschobenen Brauen guckte er auf Emily hinunter.
»Für Elise«, sagte Fabian.
Der Geschichtslehrer wandte sich zu ihm um und musterte ihn scharf. »Du wirst es vielleicht nicht glauben, aber das weiß ich auch«, erwiderte er.
Lou und Ratze hockten stocksteif auf ihren Stühlen. Wie hatte Emily bloß vergessen können, das Handy abzuschalten!
Unterdessen dudelte die berühmte Beethoven-Melodie munter weiter.

»Willst du nicht endlich drangehen?«, forderte Herr Grantz Emily auf.
»N-nein«, stammelte die. »D-das war sowieso nur ein Versehen.«
»Aha.« Der Geschichtslehrer legte die Hände auf dem Rücken zusammen und federte leicht in den Knien. »Würdest du es dann bitte abschalten, damit wir mit dem Unterricht fortfahren können!«
»Äh ... ja, klar.« Hastig zerrte Emily das Handy aus ihrem Rucksack und drückte hektisch darauf herum. Doch *Für Elise* wollte sich offenbar nicht abstellen lassen.
»Jetzt mach schon!«, zischte Lou.
Sie schielte zu Ronja, Geli und Larissa hinüber, die sich gegenseitig die Ellenbogen in die Rippen drückten und verhalten kicherten. Diese dämlichen *Comtessen!* Das war natürlich mal wieder ein gefundenes Fressen für sie.
Na wartet!, dachte Lou. Wer zuletzt lacht, lacht am besten. Sie pfefferte einen entsprechend gewürzten Blick zu ihnen hinüber. Daraufhin streckte Ronja ihr die Zunge heraus und Geli machte ihr eine lange Nase. Nur Larissa schien nicht ganz bei der Sache zu sein. Sie hatte ihr Gesicht Fabian zugewendet und lächelte verträumt vor sich hin.
Die ist wirklich in den verknallt!, dachte Lou. – Genau wie Ronja! Sie grinste in sich hinein. Wenn das mal gut ging! Dann riss sie ihren Blick von den *Comtessen* los und wandte sich Emily zu, die immer noch mit dem Handy

zugange war. Plötzlich brach das Gepiepe ab und Herr Grantz und Emily atmeten erleichtert auf.

»Also«, sagte der Geschichtslehrer, während er zu seinem Tisch zurückspazierte, »wenden wir uns also wieder dem Pyramidenbau zu.«

Emily ließ das Handy in eine Seitentasche ihres Rucksacks gleiten und stimmte in das allgemeine Geseufze und Gestöhne mit ein. Doch was half's? Geschichte bei Herrn Grantz hatte zwar die gleiche Wirkung wie ein Schlaftabletten-Cocktail, wenn man jedoch die unangekündigten Tests, die er ab und zu schreiben ließ, nicht verhauen wollte, musste man zumindest die Ohren mit dem dazugehörigen Speicher im Gehirn am Unterricht teilnehmen lassen.

Unglückspartnerinnen

Maleen war zwar schon in aller Herrgottsfrühe aufgewacht und hatte danach auch nicht mehr einschlafen können, aber zum Aufstehen hatte sie überhaupt keine Lust.

Sie war wütend und verzweifelt und ihr Gesicht fühlte sich vom vielen Weinen heiß und verquollen an. Am liebsten wäre sie einfach gestorben. Dann hätte sie sich von einer kuscheligen Wolke aus angucken können, wie ihre Mutter sich vor Reue grämte und die Augen aus dem Kopf heulte.

Aber so einfach starb man nun mal nicht, doch die Bilder, die Maleen sich ausmalte, ließen zumindest ihre Wut ein wenig abklingen.

Sie musste Lou Bescheid sagen. Irgendwie! Was sollten die *Pfeffermiezen* denn denken, wenn sie gar nicht mehr in der Schule erschien? Zuerst würden sie sich wahrscheinlich schreckliche Sorgen machen, aber wenn sie dann von

Frau Hammerschmied erfuhren, dass sie die Schule gewechselt hatte, würden sie sie bestimmt für eine treulose Tomate halten, die nichts mehr mit ihnen zu tun haben wollte. Und das durfte auf keinen Fall passieren!
Maleen schlug die Decke zurück und sprang aus dem Bett. Irgendwie musste sie es schaffen, den Hof zu verlassen, ohne dass ihre Mutter etwas davon mitbekam. Sie wollte nicht schon wieder mitten in der Nacht bei Lou auftauchen, denn es war ziemlich unheimlich, den ganzen Weg alleine im Dunkeln zu fahren.
Maleen schlüpfte in ihre Hausschuhe, öffnete die Zimmertür und knallte fast mit ihrer Schwester zusammen.
»Was willst du denn hier?«
»Lass mich rein«, sagte Pamela. »Ich muss mit dir reden.« Sie schob ihre Schwester ins Zimmer zurück und verriegelte die Tür.
»Bist du verrückt?«, brummte Maleen. »Was fällt dir ein! Du kannst mich doch nicht einfach hier einschließen. Es reicht mir schon, dass Mama mich wie eine Gefangene behandelt.«
»Genau deswegen will ich ja mit dir reden«, sagte Pamela. Sie ließ sich auf Maleens Rattansofa fallen und warf ihre lockigen braunen Haare nach hinten. »Und damit Mama nicht plötzlich im Zimmer steht, habe ich abgeschlossen, okay?«
»Okay, okay.« Maleen kroch unter ihre Decke zurück, lehnte sich mit dem Rücken gegen das Fußende ihres Bettes und blickte ihre Schwester erwartungsvoll an.

»Ich werde mir das jedenfalls nicht mehr gefallen lassen«, sagte Pamela finster.
Maleen nickte. »Das hab ich gestern Abend beim Essen gemerkt. Aber was willst du denn tun?«
»Ich habe versucht, Papa zu erreichen«, erzählte Pamela. »Ich glaube, ich habe den Anrufbeantworter bis zum Anschlag voll gequatscht. Ich habe ihn nahezu angefleht, mich auf dem Handy anzurufen, aber er meldet sich einfach nicht.«
»Ich weiß«, sagte Maleen. »Ich hab's auch versucht. Und gestern hat Oma mir erzählt, dass er in Afrika ist.«
»In Afrika?« Pamela schüttelte den Kopf. Sie wirkte ungläubig und zornig zugleich. »Das ist typisch! Wenn man ihn mal braucht ...«
Maleen senkte den Kopf und schwieg.
Pamela hatte noch nie eine besonders gute Beziehung zu ihrem Vater gehabt. Immer wieder hatte es Streit zwischen ihnen gegeben, weil er Pamelas Ehrgeiz für total übertrieben hielt.
»Und was soll ich jetzt tun?«, fragte Maleen schließlich. »Etwa dir zu einem geheimen Date mit Darius verhelfen?«
Sie hatte es eigentlich spöttisch gemeint, doch es stellte sich heraus, dass sie mit diesem Vorschlag den Nagel haargenau auf den Kopf getroffen hatte.
»Bingo!«, sagte Pamela nämlich. »Zuerst musst du allerdings rausfinden, auf welchem Hof er überhaupt untergekommen ist.«

»Du spinnst doch!«, rief Maleen erbost. »Wenn das rauskommt, bringt Mama mich um. Aber du denkst ja sowieso nur an dich.«
»Das ist nicht wahr«, sagte Pamela. Plötzlich klang ihre Stimme sanft und mitfühlend. »Ich finde es echt ätzend, wie Mama dich behandelt. Und ich blöde Kuh hab sie früher sogar noch dabei unterstützt. Mittlerweile könnte ich mich dafür in den Hintern beißen, dass ich deine Streiche so oft verraten habe. Aber ich dachte halt ...« Sie stockte und starrte auf ihre Hände, deren Innenflächen sie nun nervös gegeneinander rieb.
»Was? Was dachtest du?«
Maleen war echt gespannt, was für eine Geschichte die Schwester ihr jetzt wieder auftischte. Sie glaubte nämlich nicht so recht daran, dass Pamela auf einmal von einem sogenannten guten Geist beflügelt worden war.
»Na ja ...«, stammelte Pamela. »... dass du bei ihr eh nichts zu verlieren hast und ich ...«
»... du dich schön bei ihr einschleimen kannst, wenn du mir in den Rücken fällst«, fiel Maleen ihr wütend ins Wort. »Schon klar.« Sie krallte ihre Finger in die Decke und zog sie sich unters Kinn. »Und nach alldem glaubst du jetzt allen Ernstes, ich würde dir vertrauen?« Maleen tippte sich gegen die Stirn. »Du tickst ja nicht mehr ganz sauber.«
Pamela nickte. Seufzend erhob sie sich von dem Sofa.
»Ich versteh dich«, sagte sie kleinlaut. »Und ich sehe auch ein, dass es keinen Sinn hat.« Mit hängenden Schul-

tern ging sie auf die Tür zu. »Dann muss ich mir eben was anderes einfallen lassen.«
Maleen fixierte den Rücken ihrer Schwester. Sie sah ihr dabei zu, wie sie den Schlüssel umdrehte und die Klinke herunterdrückte, und dachte darüber nach, ob das, was Pamela da gerade abzog, wieder bloß berechnendes Theater war oder ob sie ihr Verhalten tatsächlich ehrlich bereute.
»Warte!«, rief Maleen.
Pamela zog die Tür, die bereits aufgesprungen war, wieder zu und wandte sich mit fragendem Blick zu ihr um.
»Was genau wolltest du mir eigentlich sagen?«, erkundigte sich Maleen.
»Ich wollte dir vorschlagen, dass wir uns gegenseitig helfen«, antwortete Pamela. »Du mir bei einem Treffen mit Darius. Und ich dir bei was weiß ich was.« Sie ballte die Fäuste. »Mama darf uns nicht weiter so tyrannisieren«, stieß sie hervor. »Und wenn ich Darius nicht wiedersehe, dann sterbe ich.«
Und ich?, dachte Maleen. Was sollte mit ihr erst passieren, wenn Pamela schon an so ein bisschen Liebeskummer einzugehen drohte? Ihre Augen fingen an zu brennen und die aufsteigenden Tränen ließen sich nicht mehr zurückhalten.
Flugs drückte Maleen ihr Gesicht in die Decke. Vor Pamela hatte sie noch nie geheult. Im nächsten Moment war die große Schwester bereits bei ihr. Maleen spürte Pamelas Hand auf ihrem Kopf.

»Himmel noch mal«, flüsterte sie. »Was ist denn los?«
»Mama hat mich auf eine andere Schule angemeldet«, schluchzte Maleen in ihre Decke. »Ich darf Emily, Ratze und Lou nie wiedersehen.«
Pamela schlang ihre Arme ganz fest um Maleen. Sanft streichelte die Große der Kleinen über die Haare. Und so saßen die beiden Mädchen eine ganze Weile beieinander.
»Das ist alles meine Schuld«, murmelte Pamela. »Aber ich verspreche dir: Ich werde sehen, dass ich das alles wiedergutmache. Und ich weiß auch schon, wie.«

Solche und andere Jungs

Als der Gong ertönte, klappten alle gleichzeitig ihre Geschichtsbücher zu. Wenn es auch viele Dinge gab, die die Klassenkameraden der 6a voneinander trennten, in einem waren sie sich alle einig: Unterrichtsschluss war Unterrichtsschluss.

Das gemeinsame Buchzuklappen hatte sich einfach so ergeben und war inzwischen zum Markenzeichen dieser Klasse geworden. In dieser besonderen Sekunde herrschte sogar Frieden zwischen den *Pfeffermiezen* und den *Comtessen*. – Aber wirklich nur in dieser einen Sekunde.

»So«, raunte Emily ihren Freundinnen zu. »Und jetzt müssen wir schauen, wie wir das Handy unterbringen.«

»Und vor allem, bei wem«, flüsterte Ratze.

»Ich bin für Ronja«, schlug Lou vor, doch Ratze schüttelte energisch den Kopf. »Larissa ist besser. Die lässt ihre Tasche doch immer stehen.«

Das stimmte. Ronja hütete ihren Rucksack wie einen Augapfel und schleppte ihn sogar in den Pausen mit sich herum.
»Sie hat ja recht«, sagte Lou kichernd. »Vor uns ist schließlich gar nichts sicher.«
»Wer redet denn von Rucksäcken und Schultaschen?«, wisperte Emily. »Einer *Comtesse* was da hineinzuschmuggeln, können wir eh vergessen. Die Lehrer schließen doch immer gleich ab. In der kurzen Zeit, die uns da bleibt, schaffen wir es nie.«
»Und wenn eine den Grantz oder die Hammerschmied ablenkt?«, schlug Lou vor. »In ein Gespräch verwickelt oder so?«
Emily schnaubte leise. »Und wer soll das tun? Du vielleicht?«
Lou zuckte die Schultern. »Nicht unbedingt.« Sie schaute zu Herrn Grantz hinüber, der gerade seine Tasche schloss und vom Tisch hob. »Jedenfalls schlag ich mich nicht drum.«
»Was ist denn nun mit den Damen?«, fragte der Geschichtslehrer. »Noch immer nicht genug von Pyramiden und Pharaonen?«
»Von denen kriegen wir doch nie genug«, meinte Emily schmunzelnd. Sie packte ihre Freundinnen am Handgelenk und zog sie auf die Tür zu. »Kommt schon«, zischte sie. »Ich hab eine viel bessere Idee. Wir stecken es während des Sportunterrichts in Ronjas Tasche.«
Ratze und Lou nickten begeistert und dann zockelten die drei Mädchen grinsend an Herrn Grantz vorbei auf den Gang hinaus.

Jetzt konnten sie es bis zur Sportstunde natürlich kaum noch abwarten. Eine Dreiviertelstunde Mathe galt es noch zu überstehen. Doch zu ihrer Überraschung wehte Frau Hammerschmied in den Klassenraum und verkündete, dass Herr Lohmer erkrankt sei und sie die Vertretung machen würde.

Natürlich wurde für die Aufführung geübt. Larissa und Ratze mussten Freundinnen spielen, die sich in denselben Jungen (Fabian) verknallt hatten. Die Rollen schienen ihnen wie auf den Leib geschrieben zu sein. Sie gifteten einander an, dass die Funken sprühten.

Frau Hammerschmied lobte sie ausgiebig und die Klassenkameraden klatschten begeistert.

Nur Ronja muffelte finster vor sich hin. Und als Larissa sich am Ende der Stunde noch mit Fabian unterhalten wollte, packte Ronja sie einfach am Pulli und zerrte sie hinter sich her.

»Das gibt noch Stress, sag ich euch«, orakelte Lou mit hoch zufriedenem Gesichtsausdruck.

»Wenn Larissa sich jetzt tatsächlich auch in Fabian verguckt hat, dann gnade ihr Gott.«

»Na ja, er ist aber auch nett«, meinte Ratze, während sie gemächlich in Richtung Sporthalle gingen. »Wirklich nett.«

»Und gut aussehen tut er auch«, bestätigte Lou. »Tausendmal besser als Jesper und Max zusammen.«

Emily schob ihre Augenbrauen zusammen. »Und Yussuf«, fügte sie hinzu.

»Klar, und Yussuf«, sagte Ratze schnell, bevor es wieder Streit gab.

»Gar nicht«, entgegnete Lou.

Emily blieb ruckartig stehen. »Du findest also, dass Yussuf gut aussieht?«, brummte sie.

»Das hab ich nicht gesagt«, verteidigte sich Lou.

Doch Emily ließ nicht locker. »Und Jesper? Was ist mit dem? Findest du etwa, dass er blöd aussieht?«

»Natürlich nicht.« Lou guckte Emily verdattert an. »Und wennschon! ... Ich meine, es ist doch nur Jesper.«

»Ach so, *nur«,* betonte Emily. Sie kreuzte die Arme über der Brust und schüttelte den Kopf.

»So etwas sollte ich mal wagen über Yussuf zu sagen.«

»Du weißt genau, wie sie es gemeint hat«, funkte Ratze dazwischen.

Logisch wusste Emily das. Sie kapierte ja selber nicht, warum sie in letzter Zeit immer gleich so ausklinkte, wenn eine der *Pfeffermiezen* etwas über Jesper sagte.

»Und jetzt ist Schluss«, befahl Ratze. »Wir haben schließlich was anderes zu tun, als uns ausgerechnet über Jungs zu streiten.«

Emily bedachte sie mit einem finsteren Blick, erwiderte aber nichts.

Dabei lagen ihr durchaus ein paar Worte auf der Zunge. Zum Beispiel, dass die JEMAYUS ja wohl nicht irgendwelche Jungs waren.

Und dass Ratze sich in Bezug auf Max schließlich auch nicht weniger bescheuert anstellte.

Aber einen Streit beginnen, war im Moment wirklich das Letzte, das Emily im Sinn hatte. Und deshalb schluckte sie die Worte einfach hinunter und rannte auf den Eingang der Sporthalle zu.

Rekorde

Zehn Minuten später liefen Emily, Ratze und Lou mit ihren Klassenkameradinnen in die große Sporthalle, in der bereits zwölf Stationen für ein Zirkeltraining aufgebaut waren.
»Tut euch bitte zu zweit zusammen!«, rief Frau Lüders, nachdem sie einmal kräftig in ihre Trillerpfeife geblasen hatte, um die Mädchen, die sich sofort lautstark über das bevorstehende Trainingsprogramm beschwerten, zur Ruhe zu bringen.
Natürlich ging es nicht auf. Insgesamt ergaben sich acht Paare. Die *Comtessen* und die *Pfeffermiezen* blieben jeweils zu dritt.
»Was ist los?«, fragte die Sportlehrerin. »Könnt ihr nicht zählen?«
»Doch«, sagte Ronja zögernd. »Aber ...«
Frau Lüders schüttelte den Kopf. »Aber gibt es hier nicht.«
»Aber doch!«, rief Marie. »Die können sich nämlich nicht leiden«, woraufhin erneut lautstarkes Gemurmel ausbrach.

»Schscht!«, mahnte die Sportlehrerin. Sie winkte Lou und Larissa zu sich. »So«, sagte sie. »Ihr beiden fangt hier an«, und drückte Larissa ein Springseil in die Hand.
Lou übernahm die Stoppuhr und das Schreibzeug.
»Wenn du dich verzählst!«, fauchte Larissa leise. »Dann ...«
»Was dann?«, zischte Lou.
»Dann mach ich das auch.«
»Tust du doch sowieso«, erwiderte Lou.
Und es war ihr auch egal. Was Sport betraf, war sie nun wirklich nicht besonders ehrgeizig. Nicht einmal, wenn es darum ging, besser als die *Comtessen* zu sein. Trotzdem würde sie Larissa eins auswischen. Das war sie der Ehre der *Pfeffermiezen* einfach schuldig.
Lou zwinkerte Ratze und Emily, die die Station direkt gegenüber belegt hatten, unauffällig zu. Emily hob den Daumen. Alles klar. Lou würde die Stunde überleben und Emily ihrerseits irgendwie die Sache mit dem Handy erledigen.
Als alle Schülerinnen ihre Stationen eingenommen hatten, gab Frau Lüders das Startkommando. Sofort hüpfte Larissa los wie eine Verrückte.
»Wie viel hab ich?«, fragte sie schnaufend, nachdem dreißig Sekunden vorüber waren und Lou die Hand hob.
»Einhundertsiebzig.«
Larissa riss ungläubig die Augen auf. »Echt?«
»Echt«, sagte Lou. »Ich konnte das Seil kaum sehen, so schnell bist du gewesen.«

Larissa reckte ihre Brust heraus und lächelte hochmütig. »Wusst ich's doch«, protzte sie.
Lou grinste unauffällig in sich hinein, während sie die Stoppuhr gegen das Seil tauschte.
»Und los!«, rief Larissa schon, bevor Lou sich überhaupt richtig positioniert hatte.
Doch die verkniff sich ihren Protest. Am Ende würde Larissa sowieso die Gelackmeierte sein.
»Nur achtundzwanzig«, verkündete sie, nachdem Lous Zeit um war.
»Tja«, meinte die schulterzuckend. »Kann ja schließlich nicht jeder so genial sein wie du.«
Nachdem die Klasse insgesamt fünf Stationen hinter sich gebracht hatte, meldete Emily sich bei Frau Lüders und bat sie, auf die Toilette gehen zu dürfen.
»Kann das nicht warten, bis wir mit dem Training durch sind?«, entgegnete die Sportlehrerin finster. Sie konnte es nicht leiden, wenn man mitten in der Stunde auf die Toilette musste. Insbesondere beim Zirkeltraining empfand sie es als ausgesprochen lästig. »Du hältst doch den ganzen Verkehr auf«, sagte sie.
»Dann hängen Ratze und ich uns eben hinten dran«, bettelte Emily, während sie demonstrativ auf und ab wibbelte. »Ich halte es wirklich nicht mehr aus. Vielleicht hab ich mir ja die Blase erkältet oder so was.«
»Ich hoffe nicht«, meinte Frau Lüders. Sie seufzte und nickte. »Also gut. Aber bitte beeil dich.«
»Ja, klar«, sagte Emily und raste auf die Umkleideräume zu.

Die Sportlehrerin würde sich wundern, wie schnell sie wieder zurück sein würde. Sie riss ihren Rucksack auf und kramte das Handy hervor. Dann huschte sie zu Ronjas Sachen hinüber. Leise, leise und mit angehaltenem Atem zog sie den Reißverschluss des Seitenfachs ihrer Sporttasche auf und ließ das Handy hineingleiten. Zehn Sekunden später war der Reißverschluss – zupp! – wieder zu und Emily eilte in Richtung Halle zurück.

Kurz vor Ende der Stunde wunderte Frau Lüders sich wirklich, nämlich über Larissas überragende Ergebnisse.

»Wie viele Punkte, sagst du, hat sie?«, fragte sie, während sie Lou fixierte.

»Zweitausenneunhundertundsechzig«, sagte die und erwiderte den zweifelnden Blick der Sportlehrerin mit einem unschuldigen Augenaufschlag.

Frau Lüders schüttelte den Kopf. »Das kann unmöglich sein. Erklär mir doch mal, wie du gezählt hast.«

»Immer mal zehn«, antwortete Lou.

»Aber wieso das denn?«, erwiderte die Sportlehrerin kopfschüttelnd.

»Ich dachte, es wird auf fünf Minuten hochgerechnet«, sagte Lou, während sie sich angestrengt darum bemühte, bloß nicht Emily oder Ratze anzusehen.

Die Freundinnen waren schon krebsrot im Gesicht und würden garantiert jede Sekunde vor Lachen explodieren.

»Das haben wir ja noch nie gemacht«, meinte Frau Lüders und nahm Lou den Block aus der Hand. »Aber gut, dann müssen wir das Ergebnis ja nur wieder durch zehn teilen«, murmelte sie, »also die Null wegstreichen, womit Larissa dann mit zweihundertsechsundneunzig Platz fünfzehn belegt und du ...«, sie hob den Kopf und lächelte Lou an, »... mit dreihunderteinundfünfzig den ersten erreicht hast.«

Onri

»Ich leih dir mein Handy«, hatte Pamela gesagt. Und sie hatte es ernst gemeint. »Du kannst es so lange behalten, wie du willst.«
Maleen war immer noch baff. Nicht im allerschönsten Traum hatte sie damit gerechnet, dass ihre Schwester es tatsächlich ernst mit ihrer Reue nahm.
Inzwischen hockte Maleen auf einem Strohballen im Stall. Sie lehnte mit dem Rücken an Clypsos Box und starrte auf das Display des Handys. Noch war Lou in der Schule, aber in knapp drei Stunden würde sie sie anrufen und ihr davon erzählen können, dass ihre Mutter sie auf einer anderen Schule angemeldet hatte.
Und dann mussten die *Pfeffermiezen* sich etwas einfallen lassen. Und wenn ihnen dabei das Gehirn verschmorte! Sie mussten einfach!
Hinter Maleen in der Box schnaubte der Wallach. Wie immer lief er unruhig auf und ab.

»Warum bist du so?«, murmelte Maleen.

Sie riss sich vom Anblick des Handys los und drehte ihr Gesicht nach oben. Clypso hatte seinen Kopf über den Boxenrand gehoben und starrte ihr in die Augen. Maleen bekam einen gewaltigen Schrecken. Sie senkte sofort den Blick. Unruhigen Pferden durfte man nicht direkt in die Augen gucken. Das hatte sie mal in einer Fernsehreportage über einen sogenannten modernen Pferdeflüsterer gesehen. Ihre Mutter hatte das als puren Unsinn abgetan. »Wenn du sie beherrschen willst, musst du ihnen klaren Blickes entgegentreten«, hatte sie gesagt und den Fernseher ausgeschaltet.

Maleen wollte Clypso nicht beherrschen. Tief in ihrem Inneren wusste sie, dass das gar nicht möglich war. Sie mochte es nicht, wie ihre Mutter und Pamela mit den Pferden umgingen. Sie hasste Dressurreiten und Pferderennen und all das. Maleen war es schlichtweg ein Rätsel, wie man Freude daran haben konnte, Tiere dazu zu zwingen, etwas zu tun, was sie gar nicht wollten.

Maleen hatte Angst. Der Gedanke an den großen Pferdekopf über ihr trieb ihr den Schweiß auf die Stirn. Dabei hatte sie es doch schon einmal ertragen, dass Clypso ihr so nahe gekommen war.

Jetzt spürte sie seinen Atem in ihren Haaren und im nächsten Moment ein leichtes Zupfen. Am liebsten wäre sie direkt aufgesprungen, aber dann hätte Clypso wahrscheinlich einen Riesenschrecken bekommen. Womöglich hätte er zugebissen und sie skalpiert.

Maleen blieb also sitzen und ließ den Wallach an ihren Haaren knabbern.
Stocksteif vor Angst richtete sie ihre Augen auf das Stalltor und blickte dort einem etwa dreizehnjährigen Jungen entgegen.
»Bleib ganz ruhig«, flüsterte er. »Clypso tut dir nichts.«
Er lächelte ein wenig unsicher und kam dann auf Maleen zugehuscht. Clypso ließ Maleens Haare los und wieherte leise. »Pssst, mein Guter«, raunte der Junge. Er streckte dem Wallach die flache Hand entgegen und ließ ihn daran schnuppern. »Du willst doch wohl nicht, dass mich jemand entdeckt.«
»Wieso nicht?«, flüsterte Maleen.
Sie rappelte sich hoch und musterte den Jungen verstohlen. Er war einen Kopf größer als sie, hatte kurze braune Haare und schmale graue Augen. Seine Ohren waren seltsam spitz und um den Hals trug er eine Kette aus bunten Perlen und Federn.
»Weil ich nicht hier sein darf«, erwiderte der Junge. »Meine Eltern wollen nicht, dass ich bei Clypso rumhänge. Sie halten ihn für unberechenbar und haben Angst, dass er mir was tut.« Er schüttelte den Kopf. »Dabei ist er ganz friedlich.«
»Na ja«, sagte Maleen. »So ganz ja wohl nicht.«
»Und warum hockst *du* dann ausgerechnet bei ihm?«, fragte der Junge erstaunt.
»Weil ... weil ...« Maleen schluckte und schaute zur Seite. Verrückterweise war es ihr schrecklich unange-

nehm, den Grund zu nennen. »Weil ich ihn irgendwie mag.«

»Siehst du«, sagte der Junge. »Dann haben wir ja was gemeinsam. Ich mag ihn nämlich auch.« Während er Clypso sachte über die Stirn strich, schaute er Maleen aus seinen hellen Augen an. »Wie heißt du überhaupt?«

»Maleen«, krächzte Maleen.

Der Junge kräuselte die Stirn. »Marlene?«

»Nein, Maleen«, sagte Maleen. »Ohne r und mit zwei e.«

»Aha.« Der Junge grinste verlegen. »Noch nie gehört.«

Maleen nickte. »Und du?«, fragte sie.

»Ich heiß Henri ohne Ypsilon.«

»Also mit i«, sagte Maleen.

»Genau.« Wieder grinste er so komisch. »Eigentlich ist es ein französischer Name und wird Onri ausgesprochen. Aber das find ich total bescheuert. Ich nenne mich einfach Henri.«

»Und deine Eltern?«, wollte Maleen wissen.

»Die sagen natürlich Onri«, seufzte Henri.

»Seid ihr denn Franzosen?«

Henri schüttelte den Kopf. »Nur meine Mutter.«

Clypso hatte mittlerweile seinen Kopf auf dem Boxenrand abgelegt und ließ sich sichtlich genüsslich von Henri kraulen.

»Er ist ja wirklich total friedlich«, meinte Maleen erstaunt.

»Sag ich doch.«

Wieder grinste Henri sein komisches Lächeln. Maleen stellte fest, dass seine Augen dabei noch schmaler und noch blitzender wurden. Außerdem bemerkte sie, dass auch er den Wallach nicht direkt anguckte.

»Man muss fühlen, wie sie drauf sind«, erklärte er Maleen, nachdem sie ihn darauf angesprochen hatte. Er legte sich eine Hand auf die Brust. »Mit Pferden kann man reden. Ich weiß immer ganz genau, wie es Clypso geht. Meine Eltern halten das natürlich für Blödsinn. Sie sagen immer, ich hätte ein viel zu weiches Herz.« Er zog die Mundwinkel ein und blickte finster vor sich hin. »Die haben eben keine Ahnung, meine Eltern.«

»Das kenn ich«, murmelte Maleen. »Meine Mutter hat auch keine Ahnung. – Glaub ich wenigstens«, fügte sie hastig hinzu.

Sie wollte nichts Falsches sagen, vor allem aber wollte sie nicht noch mehr Ärger, als sie ohnehin schon hatte.

»Dann haben wir ja noch etwas gemeinsam«, stellte Henri fest. Diesmal lächelte er nicht. Im Gegenteil, seine Miene verschloss sich immer mehr. »Wenn es so ist, dann hat Clypso keine Chance mehr. Dann werden sie ihn notschlachten.«

»Aber wieso das denn?«, rief Maleen erschrocken.

Eigentlich hatte sie so etwas ja selber schon befürchtet, aber jetzt, da Henri es so klar und deutlich aussprach, klang es viel schrecklicher.

»Na, ist doch ganz einfach«, brummte Henri. »Schwierige Pferde kann man weder reiten noch transportieren. Sie sind nicht nur zu nichts nütze, sie kosten auch noch jede Menge Kohle.«

Ein Bluff?

»Das hast du super gemacht«, lobte Emily Lou, als sie die Sporthalle und die *Comtessen* hinter sich gelassen hatten.
»Larissa ist ja ganz grün geworden vor Schreck.«
»Das wär ich auch«, meinte Ratze fröhlich. »Wenn ich gemerkt hätte, wie blöd ich bin, dann wäre ich wahrscheinlich sogar auf der Stelle unsichtbar geworden.«
»Und das hättest du dann glatt zum Patent anmelden können«, sagte Emily.
»Patent?« Lou kräuselte die Stirn. »Das ist doch nicht patent, wenn man sich in Luft auflöst. Ich finde das eher feige.«
Emily stöhnte. »So hab ich das doch gar nicht gemeint«, erwiderte sie. »Erfinder melden etwas zum Patent an. Da kassieren sie sozusagen Kohle für ihre Idee und keiner darf das nachmachen.«
»Ach so«, sagte Lou gelangweilt.

Das war typisch Emily! Immer wieder musste sie mit ihren blöden Fremdwörtern rumprahlen. Da war sie doch selber schuld, wenn man sie nicht verstand.
Das checkte sie selbst offenbar auch, denn nun wechselte sie rasch das Thema.
»Gleich nach dem Essen ruf ich Jesper an«, verkündete sie. »Und dann krieg ich endlich mein Kickboard zurück. Wetten, dass es heute Abend schon wieder vor unserer Tür steht.«
»Hoffentlich«, murmelte Ratze. »Ich meine, ich hoffe, dass die JEMAYUS es auch wirklich haben.«
»Aber klar doch«, brummte Emily. »Wer sollte es denn sonst geklaut haben?«
»Na ja, schließlich gibt es richtige Profi-Diebe«, meinte Lou.
»Ach, hör doch auf!« Emily schüttelte den Kopf. »Du hast doch selber gesagt, dass du nicht glaubst, dass es ein Fremder geklaut hat.« Außerdem passte diese Möglichkeit ganz und gar nicht in Emilys Plan und deshalb kam sie gar nicht erst in Betracht. Aber ihre Freundinnen hatten offenbar Spaß an dem Thema.
»Ich finde, Lou hat recht«, sagte Ratze. »Wenn das Teil tatsächlich bei den JEMAYUS gelandet wäre, hätten die uns doch längst erpresst.«
Lou nickte eifrig. »Genau«, schnaubte sie und betippte sich die Stirnplatte. »Die sind doch nicht so bekloppt und warten, bis wir sie in die Zange nehmen.«
»Ach nein?«, schnaubte Emily wütend. »Die sind also nicht bekloppt?« Ruckartig blieb sie stehen und guckte

ihre Freundinnen aus funkelnden Augen an. »Was sind sie denn bitte schön dann?«
»Keine Ahnung«, sagte Ratze. »Aber auf jeden Fall ist es ein Fehler, wenn wir glauben, dass die irgendwo rumsitzen und Däumchen drehen, bis wir sie mit unserer nächsten Aktion überrollt haben.«
Emily kniff die Lippen zusammen und stierte grimmig vor sich hin. Dann setzte sie sich ebenso ruckartig wieder in Bewegung und eilte mit langen Schritten auf Ratzes Fahrrad zu.
»Nun macht schon«, knurrte sie. »Oder wollt ihr warten, bis die Abenddämmerung über uns hereingebrochen ist?«
Ratze und Lou grinsten einander an. Wenn Emily poetisch wurde, bedeutete das meistens, dass man sie überzeugt hatte.
»Was willst du denn tun, wenn die JEMAYUS dein Kickboard nicht haben?«, fragte Lou, während sie ihren und Ratzes Rucksäcke in ihre Fahrradtaschen stopfte.
»Sie haben es«, brummte Emily. »Darauf verwette ich meinen gesamten Besitz.«
Ratze hob die Augenbrauen, sagte aber nichts. Sie wartete, bis Emily auf dem Gepäckträger Platz genommen und Lou ihr Fahrrad aufgeschlossen hatte, dann fuhr sie langsam los.
»Beeil dich mal, du Krücke«, meckerte Emily und kniff Ratze in den Hintern.
Die bekam einen solchen Schrecken, dass sie hochfuhr und das Fahrrad bedrohlich ins Schwanken geriet. Blitz-

schnell stellte sie ihre Zehenspitzen auf den Boden und fing damit den unvermeidlichen Sturz ab. Lou bremste scharf, konnte einen Zusammenstoß aber nicht mehr verhindern.

»Mach nur weiter so«, spottete Lou hinter ihnen. »Vielleicht brichst du dir ja beide Beine und kannst das Kickboardfahren erst mal vergessen.«

»Das könnte dir so passen«, erwiderte Emily. »Wie wär's, wenn wir zur Abwechslung mal ein bisschen zusammenhielten«, schimpfte sie, während sie den Schaden begutachtete. »Dann hätten wir eine ganze Portion Trouble weniger.«

»Find ich auch«, grummelte Ratze. Wütend drehte sie sich zu Emily um. »Du kannst gerne zu Fuß gehen, wenn dir das lieber ist.«

»Ph«, machte die, kreuzte die Arme über der Brust und reckte ihre Nase in den Himmel. »Wer hat denn den Sturz verhindert?«

»Und wer bitte schön hätte ihn denn überhaupt verursacht?«, schnaubte Ratze.

Sie setzte ihren Fuß auf die Pedale und fuhr so plötzlich an, dass Emily vom Gepäckträger rutschte und beinahe auf den Hintern fiel.

Lou schüttelte genervt den Kopf. »Komm, steig bei mir auf«, brummte sie. »Aber bitte vorsichtig.«

»Was sonst?«, erwiderte Emily.

Sie schwang ihr Bein über die Fahrradtaschen und umklammerte Lous Taille.

Langsam fuhr Lou an. »Ich glaube, mein Vorderrad hat 'ne Beule«, sagte sie missmutig. »Und Ratzes Rücklichtglas ist auch kaputt.«

Emily schwieg. Sie wusste ja selber, dass sie Mist gebaut hatte. Aber musste sie sich deshalb gleich als Opferlamm zur Verfügung stellen?

»Das kriegen wir schon«, meinte sie selbstbewusst. »Die Beule klopp ich dir wieder raus und in Papas Schuppen liegt garantiert noch jede Menge Fahrradzubehör herum.«

Lou fand das wenig tröstlich, sagte aber nichts. Und so erreichten die Mädchen ohne weitere Vorkommnisse ihre Wohnsiedlung.

Vor ihnen an der Bushaltestelle bremste gerade der 456er. Jesper und Yussuf sprangen heraus.

»Na, das passt ja bestens«, freute Emily sich. »Da kann ich meinen Eltern Telefongebühren sparen.«

Sie forderte Lou auf zu halten, stieg vom Rad herunter und rannte den Jungen hinterher. »He, ihr Satanssäcke, wartet doch mal!«

Jesper fuhr herum. »Was willst du, du kleine Wanze?«, knurrte er. »Kann man jetzt nicht mal mehr in Ruhe zu Mittag essen, bevor man von einer *Pfeffermieze* belästigt wird?«

»Eine?«, rief Ratze und machte eine Vollbremsung neben dem Bürgersteig. »Pfeffermiezen sind nie allein.«

»Genau wie ihr«, stellte Lou fest, die inzwischen ebenfalls neben ihnen angehalten hatte und Yussuf angrinste. Der guckte sofort weg, ließ seinen Rucksack von der

Schulter gleiten und tat so, als ob er etwas in einem der Seitenfächer suchen würde.
»Außerdem geht es hier nicht um Belästigung«, klärte Emily Jesper auf.
»Sondern darum, dass wir euch einen Tausch vorschlagen wollen.«
»Einen Tausch?« Jesper runzelte die Stirn.
»Ich wüsste nicht, was es da geben sollte ...«, meinte er gedehnt.
»Wir schon«, sagte Emily und nickte ihren Freundinnen verschwörerisch zu. »Wir wissen nämlich, wer Max' Handy hat.«
Jesper versuchte offensichtlich, gelangweilt zu gucken. Aber Emily war es nicht entgangen, dass er zusammengezuckt war.
»Ach ja? Ich wusste gar nicht, dass es verschwunden ist«, erwiderte er.
»Ist es«, erklärte Yussuf seinem Rucksack.
»Aha«, brummte Jesper, während er den gebeugten Rücken seines Kumpels mit finsteren Blicken attackierte. Dann wandte er sich wieder Emily zu. »Und wennschon! Ist das etwa mein Problem?«
Lou zog die Schultern hoch. »Wenn Max dein Freund ist, schon. Wenn ihr Zoff habt, dann ...«
»Wir haben keinen Zoff«, fiel ihr Jesper ins Wort. »Haben wir nie.«
»Das ist gut«, sagte Emily. »Dann könntest du ja vielleicht später, nachdem du dich gestärkt hast, mit Max und Yus-

suf darüber beraten, ob ihr eventuell bereit seid, das Handy gegen mein Kickboard zu tauschen.«
»Gegen dein Kickboard?«, rief Jesper erstaunt. »Du spinnst doch! Das haben wir nicht.«

Großalarm!

Lou war noch gar nicht ganz im Flur, da kam ihr Vater ihr bereits entgegengeeilt. »Maleen hat schon dreimal angerufen«, verkündete er. »Ist sie denn gar nicht in der Schule gewesen?«
»Nein, sie ist krank«, sagte Lou. Nachdenklich zog sie die Mundwinkel nach unten. »Aber sie weiß doch, dass ich nicht vor ein Uhr zu Hause bin.«
Sie stellte den Rucksack ab, zog ihre Schuhe aus, hängte ihre Jacke an die Garderobe und folgte ihrem Vater in die Küche.
»Es dauert noch einen Moment«, sagte er und deutete auf die erleuchtete Backofentür. »Mama kommt heute auch zu Mittag.«
Lou nickte und lächelte. Es kam nicht oft vor, dass ihre Mutter mittags daheim war. Sie arbeitete in einer Firma, die mit exotischen Stoffen handelte, und war beruflich sehr eingespannt.

»Was gibt es denn?«, wollte sie wissen, während sie sich vor den Backofen hockte. »Einen Auflauf?«
»Nein, nur Kräuterbaguettes und etwas gegrillten Ziegenkäse für den Salat«, sagte ihr Vater. »Du weißt doch, Mama mag es zu Mittag nicht so schwer.«
Lou wollte etwas erwidern, nämlich dass sie richtig Kohldampf hätte und mit Salat und Brot bestimmt nicht auskäme, da klingelte das Telefon.
»Ich geh schon«, murmelte sie und wetzte ins Wohnzimmer.
Sie nahm den Hörer ab und ließ sich in den großen Sessel plumpsen. »Ja, hallo, hier ist ...«
Weiter kam sie nicht.
»Endlich bist du da!«, rief Maleen.
Lou holte einmal tief Luft. »Ja, Mensch, was ist denn los?«
»Meine Mutter hat mich von der Schule abgemeldet«, erzählte Maleen atemlos. »Ich darf mich nicht mehr mit euch treffen.«
»Waaaas? Spinnt die jetzt total oder was?«, schrie Lou. Dann verstummte sie plötzlich. »Du bist doch wirklich Maleen?«, vergewisserte sie sich. Sie hatte keine Lust, noch einmal auf so einen dummen Scherz der JEMAYUS hereinzufallen.
»Klar! Wer soll ich denn sonst sein?«
»Schon gut«, sagte Lou.
Inzwischen hatte sie die Stimme der Freundin eindeutig erkannt. So gut konnte man die garantiert nicht nachmachen.

»Und jetzt?«, presste sie hervor.
»Das frag ich dich«, erwiderte Maleen mit zittriger Stimme. »Euch alle. Irgendwas muss euch doch einfallen.«
Dann fing sie an zu schluchzen.
»Ach Mensch, Maleen, jetzt heul doch bitte nicht«, sagte Lou. »Das halt ich nicht aus. Wir kriegen das schon hin.«
»Wenigstens hält Pamela jetzt zu mir«, schniefte Maleen. »Mama hat sie nämlich auch total fertiggemacht. Wegen Darius. Sie hat mir ihr Handy gegeben, damit ich euch anrufen kann.«
»Und dein Vater?«, fragte Lou. »Kannst du nicht mal mit dem reden? Ich meine, der hat doch auch was zu sagen, oder nicht?«
»Er ist nicht da«, jaulte Maleen verzweifelt. »Oma hat erzählt, dass er in Afrika ist. Ich hab nicht die geringste Ahnung, wann er zurückkommt.«
»Oh Mann«, stöhnte Lou. »Das gibt's ja wohl überhaupt gar nicht!«
»Leider doch«, sagte Maleen und fing wieder an zu weinen. »Was soll ich denn nur tun?«
»Erst mal gar nichts«, antwortete Lou, nachdem sie sich eine Weile lang Maleens Geschluchze angehört und dabei über die Sache nachgedacht hatte. »Ich rede gleich nachher mit Ratze und Emily.«
Und genau so, wie Lou es versprochen hatte, fand es eine gute Stunde später dann auch statt.
Sie, Ratze und Emily hatten sich erfolgreich vor Dennis durch den Gemüselagerraum bis in Emilys Garten ge-

flüchtet, wo sie nun dicht aneinandergequetscht in der Fahrerkabine des Barkas hockten und Kriegsrat hielten.
»Eine Unverschämtheit ist das!«, empörte Ratze sich. »Wie kann man nur so gemein sein!«
»Und einfach anderer Leute Kickboard klauen«, knurrte Emily.
»Ach, darum geht es doch im Moment gar nicht«, erwiderte Lou, die in der Mitte zwischen ihren Freundinnen saß.
»Das finde ich aber schon«, sagte Emily. Sie drehte wütend am Lenkrad herum. »Genau darum geht es auch.«
»Ja, aber nicht zuerst«, entgegnete Ratze. »Kickboards kann man an jeder Ecke kaufen. Menschen dagegen sind unersetzbar.«
»Was willst du damit sagen?«, erwiderte Emily erbost. »Etwa, dass ich mir ein neues Teil kaufen soll?«
»Nein.« Ratze schüttelte den Kopf. »Bloß, dass du mal für eine Sekunde lang nicht nur an dich denkst.«
Emily kniff die Augen zusammen und schwieg. Und zwar exakt eine Sekunde lang. Dann sagte sie: »Okay, und jetzt? Was unternehmen wir jetzt?«
»Wir reden mit ihrer Mutter«, schlug Lou vor.
»Und wenn sie uns wieder vom Hof jagt?«, wandte Ratze ein.
»Außerdem verschenkt sie keine Kickboards«, meinte Emily.
»Oah, Mann!« Lou ballte die Fäuste und stieß Ratze mit dem Ellenbogen in die Seite. »Los, mach mal die Tür auf! Ich halt das hier drin nicht mehr aus.«

»Geht mir genauso«, brummte Ratze, öffnete die Beifahrertür und sprang hinaus. Lou folgte ihr auf dem Fuß.
»Dann haut doch ab!«, brüllte Emily ihnen nach.
Doch Ratze und Lou kümmerten sich nicht weiter um sie. Die Sache mit dem Kickboard war zweifellos ein Problem, im Augenblick allerdings absolut zweitrangig.
»Ich kapier nicht, dass sie das mit Maleen so völlig kaltlässt«, murmelte Lou. »Sonst ist Emily doch gegen jede Ungerechtigkeit in der Welt gleich als Erste auf der Palme.«
»Schon«, brummelte Ratze. »Trotzdem denkt sie immer nur an sich und außerdem gehört Maleen noch nicht richtig dazu.«
»Wie kannst du nur so was sagen!« Lou guckte fassungslos in den Himmel, der an diesem Tag hellblau und klar war. »Natürlich gehört Maleen dazu. Sie ist eine *Pfeffermieze*. Genau wie Emily, du und ich.«
»Jetzt schrei doch nicht so«, erwiderte Ratze. »Ich bin ja vollkommen deiner Meinung. Emily ist diejenige, die du überzeugen musst.«
»Ach ...« Lou machte eine abwehrende Handbewegung. Emily von etwas überzeugen zu wollen, von dem sie nicht überzeugt werden wollte, war so sinnlos wie der Versuch, einem Wischmopp das Einmaleins einzutrichtern. »Ich fahr jetzt zum Reiterhof hinaus«, entschied sie. »Ich kann nicht einfach nichts tun.«
»Okay, ich komme mit«, sagte Ratze. Sie umrundete den Barkas und riss die Fahrertür auf. »Und du auch«, pfiff sie Emily an.

»Was?«
»Na, zum Reiterhof fahren«, sagte Ratze.
Emily verschränkte die Arme und guckte stur zur Frontscheibe hinaus. »Womit denn? Oder glaubst du etwa, ich habe rollende Zehennägel?«
»Dann bleib doch, wo der Pfeffer wächst!«, knurrte Ratze. Sie knallte die Tür wieder zu und lief zu Lou hinüber, die bereits den Holzdeckel beiseitegeschoben hatte. »So ein Ekel!«, fluchte sie. »In letzter Zeit ist sie wirklich unausstehlich.«

Eine französische Revolution

Ratze und Lou hetzten sich mächtig ab. Erst als das große Tor mit dem Schild des Reiterhofs Langenfeld vor ihnen auftauchte, hörten sie auf zu strampeln und ließen die Räder ausrollen.
Lou sprang als Erste herunter und starrte auf die Stallungen. »Was machen wir bloß, wenn sie uns wieder wegjagt?«
Ratze nickte. Sie sparte es sich zu erwähnen, dass sie etwas Ähnliches bereits in Emilys Garten geäußert hatte. »Wir müssen eben einen Weg finden, mit Maleen zu sprechen, ohne dass ihre Mutter etwas davon mitkriegt.«
»Und wie?«, fragte Lou.
Ratze lehnte ihr Rad gegen den Koppelzaun. »Das weiß ich auch nicht«, meinte sie. »Auf gut Glück eben.«
Da Lou auch nichts Besseres einfiel, postierte sie ihr Fahrrad neben Ratzes und dann schlichen die Mädchen, aufmerksam in alle Richtungen spähend, über den Hof

auf das Stallgebäude zu. Sie hatten gerade das erste Boxenfenster erreicht, da kam plötzlich jemand um die Ecke geschossen. Ratze und Lou erstarrten vor Schreck. Doch dann merkten sie, dass es gar nicht Frau Langenfeld war, sondern ein völlig fremder Junge.
»Sorry«, meinte er grinsend. »Ich wollte eigentlich nicht Schlossgespenst spielen.«
»Hahaha«, meinte Ratze.
Lou aber lachte erleichtert los. »Mann, oh Mann«, sagte sie. »Und ich dachte, du bist Maleens Mutter.«
»Hast du etwa eine solche Angst vor der?«, fragte der Junge erstaunt. »Sie ist doch kein Drachen oder so etwas.«
»Na ja«, erwiderte Lou. Sie grinste, obwohl es eigentlich gar nichts zu grinsen gab. »Irgendwie ist sie das schon.«
»Genau«, sagte Ratze. »Sie lässt uns nämlich nicht zu unserer Freundin, weil sie denkt, dass wir einen schlechten Einfluss auf sie haben. Dabei ist die Einzige, die hier schlechte Einflüsse verbreitet, Frau Langenfeld selbst.«
»Hm.« Der Junge reckte sein Kinn vor und kratzte sich am Hals. »Dann sucht ihr wohl gerade nach einem Weg, ungestört mit Maleen zu reden, was?«
»Kennst du sie etwa?«, fragte Lou aufgeregt.
Der Junge nickte. »Hab sie zwar gerade erst kennengelernt, aber ich denke, ich könnte sie herholen.«
Ratze riss die Augen auf. »Und Wache schieben?«
»Klar«, sagte der Junge. »Aber vorher orte ich, wo Frau Langenfeld ist.«

»D-das ist ja super!«, rief Lou und strahlte über das ganze Gesicht. So ein netter und unkomplizierter Junge war ihr ja noch nie untergekommen!

»Ach ja«, sagte er, bevor er sich Richtung Reithalle in Bewegung setzte, »ich heiß übrigens Henri.«

Drei Sekunden später war von ihm nur noch eine Staubwolke zu sehen.

»Na, so macht er sich hier aber nicht beliebt«, meinte Ratze. »Der schreckt ja alle Pferde auf.«

»Hauptsache, er bringt uns Maleen«, erwiderte Lou.

Sie lehnte sich an die Wand und starrte wie gebannt zur Halle hinüber. Es dauerte nicht lange und Henri tauchte im Tor auf. Er winkte kurz zu den Mädchen hinüber und lief dann etwas langsamer auf das Wohnhaus zu. Auch diesmal mussten Ratze und Lou nicht lange warten, bis sich die Tür öffnete.

»Da ist sie«, wisperte Lou. »Ich seh sie.«

Am liebsten wäre sie einfach zu Maleen hinübergerast und hätte sie in die Arme genommen. Aber das war ja viel zu riskant und so musste sie mit ansehen, wie Henri mit Maleen auf die Stallungen zukam und dann ganz plötzlich verschwand.

»Was ist denn jetzt?«, raunte sie Ratze zu. »Warum bringt er sie denn nicht gleich her?«

»Jetzt wart doch mal ab«, brummte Ratze. »Ich glaube, der weiß genau, was er tut. Der ist nämlich ein kluger Junge.«

Und tatsächlich! Keine halbe Minute später tauchte Henri bei ihnen auf. Allerdings ohne Maleen.

»Wo ist ...?«, wollte Lou fragen, aber er drückte ihr einfach seine Finger auf die Lippen und flüsterte: »Ihr geht hintenrum, bis zu dem Tor, durch das das Heu reingehfahren wird. Es ist zwar abgeschlossen, aber der Schlüssel steckt von innen. Ihr klopft dreimal und ich mach euch dann auf. Aber haltet die Augen offen, dass euch keiner beobachtet.«
Ratze nickte. »Alles klar.«
Sie wollte sofort loslaufen, doch Lou stand da wie eingefroren.
Obwohl Henri schon längst wieder weg war, spürte sie immer noch seine Finger auf ihrem Mund. Eigentlich war es eine Unverschämtheit, dass er sie einfach angefasst hatte – noch dazu auf so eine Art und Weise. Einem JEMAYU hätte sie dafür achtkantig eins um die Brezel gehauen, aber bei Henri fand sie es irgendwie völlig in Ordnung. Fast schon ein bisschen mehr als das.
»Jetzt komm schon!«, trieb Ratze ihre Freundin an. »Eben konnte es dir doch gar nicht schnell genug gehen und jetzt ...?«
»Jaja ...!« Lou riss sich von ihren seltsamen Gedanken los und beeilte sich, hinter Ratze herzukommen. In null Komma nix waren sie bei dem Tor angelangt. Lou blickte sich rasch nach allen Seiten um, dann stupste sie Ratze in die Seite und die klopfte dreimal kräftig gegen das dunkle Holz.
Das schleifende Geräusch eines Schieberiegels ertönte, dann wurde das Tor eine Handbreit geöffnet und Henri

zog die Mädchen nacheinander herein. »Los, beeilt euch.«
Maleen hockte auf einem Heuballen und starrte ihnen ungläubig entgegen. »Ratze! Lou!«, rief sie. Sie sprang auf und umarmte ihre Freundinnen heftig. »Bin ich froh, dass ihr gekommen seid!« Dann drehte sie sich zu Henri um und sagte vorwurfsvoll: »Warum hast du mir das denn nicht gleich gesagt? Ich dachte, es hat mit Clypso zu tun.«
»Nein, um den müssen wir uns später kümmern«, erwiderte er. »Und von deinen Freundinnen hab ich nichts gesagt, damit du dich nicht zu auffällig verhältst.«
Lou warf ihm einen bewundernden Blick zu. »Ganz schön pfiffig.«
Henri grinste. »Vielen Dank.« Er machte einen Schritt rückwärts. »Ja, dann ... verzieh ich mich besser mal ...«
»Aber wieso denn?«, sagte Lou. »Wir haben keine Geheimnisse zu besprechen. Außerdem hätte es ohne dich vielleicht gar nicht funktioniert.«
»Und womöglich hast du sogar eine Idee, wie wir Maleen helfen können«, meinte Ratze. »Ihre Mutter kann sie doch nicht einfach auf einer anderen Schule anmelden.«
Henri holte einmal tief Luft und ließ sich auf den Heuballen fallen, auf dem zuvor Maleen gehockt hatte. »Mütter oder Eltern können eine ganze Menge«, sagte er und zuckte die Schultern. »Leider.«
»Aber Maleen kommt doch gut klar auf dem Gymnasium«, wandte Lou sofort ein. »Nur in Mathe steht sie et-

was wackelig. Aber das ist doch noch lange kein Grund, sie auf die Realschule zu schicken. Ihre Mutter macht das ja nur, damit wir uns nicht mehr sehen.«

Maleen nickte. Dann lehnte sie ihren Kopf auf Lous Schulter und guckte traurig vor sich hin.

Henri kniff die Augen zusammen und zog eine Schnute. »Vielleicht solltet ihr mal mit eurer Klassenlehrerin reden«, schlug er vor. »Wenn die auch der Meinung ist, dass Maleen auf dem Gymnasium bleiben sollte ...«

Er hob seinen Kopf und fixierte Maleen. »Die müsste doch eigentlich Einfluss auf deine Mutter haben.«

»Keine Ahnung«, murmelte Maleen. »Ich glaube eher, meine Mutter lässt sich einfach von niemandem etwas sagen.«

»Also, ich finde die Idee gar nicht so schlecht«, sagte Ratze. »Einen Versuch ist es doch allemal wert, oder?«

Lou nickte. »Am besten nimmst du das in die Hand. Du bist doch gerade so beliebt bei Frau Hammerschmied.«

Ratze streckte ihr die Zunge heraus. Dennoch erklärte sie sich bereit, diesen Part zu übernehmen.

»Und wenn das nichts nützt, haust du einfach ab«, meinte Henri.

Doch Maleen schüttelte den Kopf. »Besser nicht«, entgegnete sie. Es war ja keinesfalls so, dass sie nicht selber auch schon darüber nachgedacht hatte.

»Aber ich glaube, das macht es nur noch schlimmer. Ich wette, Mama rastet total aus und nachher schickt sie mich noch nach Frankreich zu meinem Vater.«

»Ach, sooo schlecht ist es dort auch wieder nicht«, sagte Henri. »Ich bin immer in den Ferien dort. Meine Eltern haben ein Haus an der Mittelmeerküste.«
Maleen riss die Augen auf. »Echt? Wo denn?«
»In der Nähe von Aix en Provence.«
»Das gibt's ja gar nicht«, sagte Maleen. »Genau dort wohnt mein Vater auch.«
»Na super«, brummte Ratze. »Haben wir im Moment nicht dringendere Probleme? Außerdem könnte jeden Augenblick jemand in den Stall kommen.«
Maleen schob den Ärmel ihrer Jeansjacke zurück und warf einen Blick auf ihre Armbanduhr. »Ein paar Minuten haben wir noch«, meinte sie. »Meine Oma kommt heute nicht und Mamas Reitstunde geht noch bis vier Uhr.«
»Gut«, sagte Ratze.
Sie scharrte mit der Schuhspitze ein paar Strohhalme zu einem Haufen zusammen und starrte dabei grübelnd vor sich hin. Auch die anderen drei blieben für eine Weile in ihre Gedanken versunken. Und dann war es wieder Henri, der als Erster mit einer weiteren Idee herüberkam. »Ich glaube, deine Mutter findet mich ganz okay«, sagte er zu Maleen. »Ich könnte so tun, als ob wir uns angefreundet hätten.«
Sie schaute ihn erstaunt an. »So tun, als ob ...?«
»Na ja ...« Henri lächelte. »Wir können natürlich auch echt befreundet sein. Aber darum geht es ja im Augenblick nicht«, fügte er hastig hinzu. »Sondern darum, dir eine Möglichkeit zu verschaffen, vom Hof runterzukommen und Lou und Ratze besuchen zu können.«

Sprengstoff

»Ihr seid ja nicht mehr ganz dicht«, sagte Emily am nächsten Morgen. »Ihr könnt euch doch nicht von einem Typen so herumkommandieren lassen!« Sie tippte sich mit vier Fingern gleichzeitig gegen die Stirn. »Von einem *Typen!*«
Da ihr Kickboard aller Vorhersage zum Trotz nun doch nicht aufgetaucht war und weder Ratze noch Lou Lust hatten, Emily noch einmal auf dem Gepäckträger zu transportieren, hatten sich die Mädchen an diesem Tag für den Bus entschieden.
»Er hat uns nicht herumkommandiert«, stellte Ratze klar. »Er hat uns geholfen!«
»Wo ist da der Unterschied?« Emily ließ sich auf eine freie Zweierbank fallen und starrte muffig vor sich hin. Nicht ein einziges Mal konnte man die beiden etwas alleine machen lassen, schon fabrizierten sie irgendeinen Mist!
»Wer sind wir denn? Die *Pfeffermiezen* oder nicht?«
»Klar sind wir das«, sagte Lou.

»Apropos ...« Ratze, die neben Lou auf der Bank hinter Emily Platz genommen hatte, zog eine Schachtel *Peppermint Cats* hervor und hielt sie Emily von hinten unter die Nase. »Vielleicht versöhnt dich das.«

Doch Emily stieß Ratzes Hand beiseite und muffelte weiter vor sich hin.

»Dann eben nicht«, sagte Ratze, fischte sich zwei extrascharfe heraus und gab die Packung an Lou weiter. Die schob sich einen *Spearmint* in den Mund und die Mädchen guckten, schweigend vor sich hin lutschend, aus dem Fenster.

»Ich hol mir das Kickboard«, verkündete Emily, als der Bus an der Haltestelle vor der Schule hielt. »Heute noch.«

»Dann weißt du also, wer es hat«, platzte Lou erstaunt heraus.

»Klar, Jesper hat's«, brummte Emily. »Wer denn sonst?«

Ratze schüttelte den Kopf. »Wie kommst du darauf? Er hat gestern doch klar und deutlich gesagt, dass er damit nichts zu tun hat.«

»Und wennschon«, sagte Emily. »So was hat man eben im Gefühl.«

»Aha«, meinte Lou. »Das musst du aber ein bisschen näher erklären. Das kapier ich nämlich nicht.«

»Ist doch ganz einfach«, knurrte Emily. »Es gibt schließlich diese besonderen Verbindungen.«

»Hä?« Ratze bog sich wie ein Fragezeichen.

»Zwischen Jesper und mir, zwischen dir und Max und zwischen Lou und Yussuf«, sagte Emily ungeduldig.

»Sag mal, tickst du noch ganz rund!« Ratze packte Emily, die die ganze Zeit über eine halbe Schrittlänge vor ihnen ging, am Arm und hielt sie zurück. »Ich will ab sofort nix mehr davon hören, dass ich in Max verknallt sein soll, ist das klar!«

»Das hat doch damit nix zu tun«, schnappte Emily. »Wer redet denn von Liebe? Es geht einfach darum, dass jede von uns ihren Lieblings-JEMAYU hat. Daran ist ja wohl nichts Schlimmes.«

»Jede von uns?«, erwiderte Lou. »Du hast Maleen vergessen. Oder willst du Jesper etwa mit ihr teilen? Großzügig, wie du ja nun mal bist?«

Ein Plan läuft aus dem Ruder

»Good morning, Misses Böhme«, trompetete die Klasse im Chor. Nur ein paar wenige Irrläufer riefen: »Hammerschmied.« Einige bremsten auf halbem Weg und kratzten noch die Kurve in Richtung »Hammerböhme«.
»Ihr werdet euch schon noch daran gewöhnen«, meinte die Englischlehrerin lächelnd.
»Herzlichen Glückwunsch übrigens!«, rief Fabian.
Er eilte nach vorne und schüttelte der frisch gebackenen Frau Böhme die Hand. Seine Klassenkameraden ergriffen sofort die Gelegenheit beim Schopf, ein wenig Unterrichtszeit zu schinden, und drängelten sich nun allesamt um die Lehrerin.
»Wie war es denn?«, fragte Ronja zuckersüß.
»Schön«, erzählte Frau Böhme. »Richtig ein bisschen romantisch.«
Ronja nickte strahlend.
»So eine Schleimerin«, zischelte Emily.

»Das ist nicht nur Schleimi«, zischelte Ratze zurück. »Guck sie dir doch mal genau an. Mit der ist irgendwas passiert.«
»Einfach so?« Lou schüttelte den Kopf. »Über Nacht?«
»Ich wette, die hat sich verknallt«, sagte Ratze.
»Wieso?«, erwiderte Lou. »Das ist sie doch schon. In Fabian.«
»Dann hat sie sich gestern vielleicht von dem die Gehirnzellen aus dem Schädel knutschen lassen«, flüsterte Ratze.
»Ronja?« Emilys eh schon finsterer Blick wurde noch dunkler. »Hatte die überhaupt welche?«
»Auf jeden Fall ist was mit ihr passiert«, beharrte Ratze. »Und ich wette, es hat was mit Liebe zu tun.«
Die tiefer gehende Erörterung dieses Themas mussten sie auf die Pause verschieben, da nun alle Frau Böhme persönlich gratuliert hatten und der normale Unterricht begann.
»Ich hoffe, ihr habt eure Texte geübt, sodass wir die Szenen heute zügig durchspielen können«, sagte die Englischlehrerin, woraufhin sofort allgemeines unwilliges Gemurmel ausbrach.
Ratze durchwühlte ihre Unterlagen und stellte fest, dass sie ihren Text zu Hause vergessen hatte.
Frau Böhme seufzte leise. »Kann jemand Regine seinen Text zur Verfügung stellen?«, fragte sie.
Niemand meldete sich. Die Einzigen, die ihre Rolle so gut beherrschten, dass sie sich zutrauten, ohne Textblätter

zu spielen, waren Fabian und Larissa. Fabian hatte seine Unterlagen aber bereits an Michael weitergegeben, der seine Sachen ebenfalls vergessen hatte und den niemand mit reingucken lassen wollte, weil sie Angst hatten, dass er alles bespuckte.

»Dann gib du bitte Regine deinen Text«, forderte Frau Böhme Larissa auf.

Doch die weigerte sich beharrlich. »Nachher zerreißt sie ihn«, maulte sie.

Die Englischlehrerin schüttelte erstaunt den Kopf. »Warum sollte sie das tun?«

»Die können sich nicht leiden!«, brüllte eine Stimme aus der letzten Reihe.

»Aber sie müssen nun mal das Stück zusammen spielen«, entgegnete Frau Böhme. »Da sollten sie persönliche Antipathien zurückstellen, weil sie aufeinander angewiesen sind.«

Larissa verdrehte die Augen und erklärte sich doch noch dazu bereit, Ratze in ihren Text gucken zu lassen. Allerdings wollte sie ihn ihr nicht überlassen, sondern lief ihr immer hinterher – egal, ob es nun gerade passte oder nicht – und hielt ihr den Text mit weit ausgestrecktem Arm unter die Nase. Dabei achtete sie sorgsam darauf, dass Ratze und Fabian sich nicht zu nahe kamen. Kurzum: Es war eine einzige Katastrophe, was die meisten in der Klasse – im Gegensatz zu Frau Böhme – ziemlich lustig fanden.

Emily bekam von alledem nichts mit. Sie hatte das Buch, das sie für den Deutschunterricht lesen sollten, unter

dem Tisch auf den Schoß gezogen und war mittlerweile so darin vertieft, dass neben ihr eine Bombe hätte explodieren können.
Und auch Lous Gedanken drifteten immer wieder in die Ferne. Zu Maleen. Und zu Henri ... Als es zur Pause klingelte, bekam sie fast einen Herzschlag. Während ihre Klassenkameraden sofort aufsprangen und zur Tür rannten, hockte sie genau wie festgewachsen auf ihrem Stuhl.
Unterdessen nutzte Ratze den Augenblick, in dem Larissa Fabian hinterherschmachtete, ihr den Text aus der Hand zu reißen und damit ans andere Ende des Klassenraumes zu stürmen.
»Meine Güte!«, stöhnte Geli. »Du bist dir auch zu nichts zu fein, was?«
»Zum Glück!«, rief Ratze, während sie vor der laut quiekend hinter ihr herstürmenden Larissa floh.
»Was ist denn jetzt wieder los?«, murmelte Emily. Sie las noch rasch den Absatz zu Ende, schob das Buch auf die Ablage unter dem Tisch und hob den Kopf.
Was sie sah, verschlug ihr fast den Atem. – Ronja saß mit leuchtend roten Backen auf ihrem Platz und tippte auf den Tasten eines Handys herum.
Emily sprang auf. Wenn sie sich nicht sehr täuschte, dann war es nämlich Max' Teil, das Ronja da gerade mit ihren Giftfingern besudelte. Obwohl es ja nun fast nicht sein konnte, dass da überhaupt noch Saft drauf war.
Wie auch immer, sie musste es genau wissen. Also schwang sie sich über ihren Tisch, hechtete auf Ronja zu

und riss ihr das Handy aus der Hand. Es war wirklich das von Max und der Akku schien tatsächlich immer noch nicht leer zu sein.

»He!«, schrie Ronja. »Was fällt dir ein, mir mein Handy wegzunehmen?«

»Jetzt red mal keinen Gips«, schnaubte Emily. »Das ist überhaupt nicht deins!« Während sie langsam ein paar Schritte zurückwich, heftete sie ihren Blick auf das Display und entzifferte Ronjas unsäglichen Text.

Unterdessen stürzte Ronja nach vorne, wo Frau Böhme immer noch an ihrem Tisch stand und ihre Unterlagen sortierte.

»Emily hat mir mein Handy geklaut«, keifte sie.

»Und Ratze mir den Text!«, jaulte Larissa. »Frau Hammer – äh – Böhme, jetzt machen Sie doch mal was!«

»Schluss jetzt!«, donnerte die Klassenlehrerin. »Ein Kindergarten ist ja der reinste Kururlaub gegen das, was ihr heute aufführt.«

Sie zeigte auf Emily. »Gib mir bitte das Handy!«, forderte sie sie auf.

»Aber das ist meins!«, jaulte Ronja. »Ich muss es sofort wiederhaben.«

»Das stimmt überhaupt nicht!«, keifte Emily. »Das Handy habe i...«

»Jetzt hör endlich auf, so einen Aufstand zu machen«, fiel Lou ihr ins Wort. Emily war kurz davor, ihren eigenen Plan zu vermasseln, und das wollte sie verhindern. »Und gib Ronja das Ding zurück.«

»Find ich auch«, sagte Ratze widerwillig. Es passte ihr überhaupt nicht in den Kram, ausgerechnet für die Oberschnepfen-*Comtesse* Partei ergreifen zu müssen, aber in diesem Fall war es nun mal absolut notwendig. Widerstrebend gab Emily Ronja das Handy zurück.

Frau Böhme jedoch hatte ihre eigenen Vorstellungen.

»Das ist sehr ehrenwert von euch«, sagte sie an Ratze und Lou gerichtet. »Aber ich möchte das Handy gerne in meine Obhut nehmen.« Zielstrebig ging sie auf Ronja zu und hielt ihr die offene Hand hin. Widerstrebend legte die *Comtesse* das Handy hinein.

»Eingeschaltete Geräte kann ich im Unterricht nicht dulden«, fuhr die Englischlehrerin fort. »Ich werde deine Eltern anrufen müssen ...«

Fehlentwicklung

»Das war nicht geplant«, brummte Emily. »Außerdem hätte der Akku längst leer sein müssen.« Wütend starrte sie auf den Getränkeautomaten in der Pausenhalle, der offenbar seit Tagen nicht nachgefüllt worden war. Noch immer gab es weder Zitronenlimo noch Mineralwasser. »Und jetzt hat auch noch Frau Hammerböhme das Handy einkassiert. Wie soll ich denn da jemals mein Kickboard zurückbekommen?« »Ich dachte, du willst es dir holen«, meinte Lou. Sie ließ eine Fünfzig-Cent-Münze in den Schlitz fallen und zog sich eine Orangenlimo.
»Will ich auch«, sagte Emily.
»Wo ist dann das Problem?«, fragte Ratze. »Okay«, gab sie zu, »es ist nicht alles so gelaufen, wie wir es uns vorgestellt haben, aber wenigstens kriegt Ronja jetzt eins auf den Deckel. Alles andere regeln wir schon. Wir müssen bloß zusammenhalten. So, wie wir es uns schließlich mal geschworen haben.«

Emily atmete geräuschvoll ein und aus. Im Prinzip hörte sich das, was Ratze da gesagt hatte, ziemlich gut an. Es klang nach dem, was die *Pfeffermiezen* eigentlich ausmachte: eine Bande, die gemeinsam durch dick und dünn ging.
In der letzten Zeit waren sie allerdings alles andere als das gewesen. Ständig hatte es Zoff, Misstrauen und Alleingänge gegeben. Ratze hatte recht: Damit musste endlich Schluss sein.
Plötzlich fingen Emilys Augen vor frisch erwachtem Tatendrang an zu leuchten. Sie hob ihre Hand. »Okay, Miezis«, sagte sie. »Packen wir es!«
Lou und Ratze klatschten grinsend ihre Handflächen gegen die von Emily.
»Und womit fangen wir an?«, fragte Ratze.
»Festung sichern«, schlug Emily vor. »Kickboard zurückholen. Und danach hauen wir die vierte *Pfeffermieze* raus.«
Ratze nickte begeistert. »Und jede Stimme gilt! Lous und meine genauso wie deine!«
Emily spreizte die Finger zum Schwur. »Versprochen!«
Lou war so happy, dass sie Emily um den Hals fiel. Plötzlich war es ihr egal, dass die Freundin wie immer zuerst an ihren eigenen Kram dachte. Hauptsache, sie zogen endlich wieder an einem Strang. Und irgendwie machte es schließlich auch Sinn, dass Emily erst einmal ihren fahrbaren Untersatz zurückbekam. So würden sie viel beweglicher sein.

»Das mit dem Handy ist aber trotzdem ein Problem«, meinte Emily.
»Wieso denn?«, erwiderte Ratze. »Ronjas Eltern werden Frau Böhme sagen, dass es nicht ihr gehört. Frau Böhme wird sich gleich wieder an dich wenden und dann ...«
»Das mein ich doch gar nicht«, winkte Emily ab. Nachdem ihre Wut verraucht war, war ihr selber klar geworden, wie die Geschichte zu Ende gehen würde. »Das Problem ist, dass Ronja und Jesper sich Liebes-Simse schicken«, presste sie hervor.
»Na und?«, sagte Lou. »Sollen sie doch.«
»Und was ist, wenn sie sich kennenlernen?«, entgegnete Emily. »Immerhin gehören die JEMAYUS uns.«
Das war in der Tat eine Katastrophenvorstellung.
»Aber das ist doch nun vorbei«, sagte Ratze. »Jetzt, wo Frau Böhme das Handy hat ...«
So richtig überzeugt war sie allerdings nicht und Emily schürte ihre Zweifel sogleich weiter.
»Sie hat Jespers Handynummer«, erwiderte sie. »Sie kann ihn immer und überall erreichen. Sie könnten sich sogar treffen ...«
Lou riss die Augen auf. »Da-das darf auf keinen Fall passieren«, stammelte sie entsetzt.
Das fehlte gerade noch, dass die *Comtessen* ihnen ins Bandenhandwerk pfuschten!
»Es gibt also jede Menge zu tun«, fasste Ratze nüchtern zusammen. »Solange wir unseren klaren Verstand behalten und uns nicht wieder gefühlsduseln lassen ...«

Emily hob die Augenbrauen. »Haben wir das etwa schon jemals getan?«
»Natürlich nicht!«, riefen Ratze und Lou im Chor und dann schlugen sie noch einmal die Hände aneinander.

Stacheldraht und Krokodile

Die Hausaufgaben waren wie im Flug erledigt. Hoffentlich sind Ratze und Emily auch so schnell, dachte Lou, während sie noch rasch die Sachen für den nächsten Tag zusammenpackte. Danach suchte sie ihre alte hellbraune Cordhose und ein grünes T-Shirt hervor und schlüpfte hinein. Die roten Locken band sie mit einem Haargummi stramm an den Kopf und zog ein breites dunkles Stirnband darüber. Zum Schluss noch ein Blick in den Spiegel – und Lou nickte zufrieden. Die Tarnung war perfekt.

Sie wollte gerade nach draußen stürmen, da klingelte das Telefon. Ihr Vater war nicht da und sie überlegte einen Moment, ob sie überhaupt rangehen sollte. Vielleicht wollte Ratze oder Emily ihr noch was Wichtiges sagen – also nahm sie ab.

Es war Maleen. »Ich bin mit Henri in der Stadt«, sagte sie aufgeregt. »Stell dir nur vor, ich darf bis heute Abend wegbleiben.«

Sensationell!, dachte Lou. Als ob Maleen eine Strafgefangene auf Freigang wäre. Ihre Mutter war wirklich bescheuert! Es musste wirklich dringend was passieren, aber zuerst war das Kickboard dran.

Hastig erzählte sie Maleen von ihren Plänen und die war sofort Feuer und Flamme.

»Wartet ihr bitte auf mich?«, rief sie. »Wenn wir direkt eine Bahn kriegen, bin ich in einer Viertelstunde bei euch.«

»Klar«, sagte Lou. »Komm zum Barkas. Und beeil dich!«

Emily würde über die Verzögerung zwar alles andere als begeistert sein, aber da musste sie jetzt durch.

Doch erstaunlicherweise war es für sie überhaupt kein Problem.

»Ist ja super!«, sagte sie ein paar Minuten später, als sie, Ratze und Lou sich vor ihrer Haustür trafen. »Dann wird das endlich mal wieder eine echte *Pfeffermiezen*-Aktion. Und während wir auf Maleen warten, sichern wir schon mal die Kastanie.«

Sie verschwand im Schuppen und kam kurz darauf mit einer Rolle Stacheldraht wieder heraus.

»Darfst du das denn überhaupt?«, fragte Lou skeptisch. »Ich meine, dadurch wird die Rinde doch verletzt und dein Vater ...«

»Quatsch nicht«, brummte Emily. »Papa kann das Zeug ja wieder abmachen, wenn es ihm nicht passt.«

Sie bedeutete Ratze, schon mal vorzulaufen und den Weg zum Barkas freizumachen. In dem Moment kam Dennis-Nervmonster aus der Hintertür geschossen und heftete sich Lou an die Fersen.

»Was macht ihr? Wie seht ihr denn aus? Ihr habt ja ganz olle Klamotten an.«

»Wir gehen auf Safari«, brummte Emily.

»Au ja!« Dennis fing an zu hüpfen. »Ich fahre mit.«

»Das geht nicht«, erwiderte seine Schwester. »Du hast keinen Führerschein.«

Augenblicklich hörte Dennis auf zu hopsen und zog einen Flunsch, aber dann hellte sich seine Miene sofort wieder auf. »Du doch auch nicht«, sagte er.

»Wir gehen ja auch zu Fuß«, erwiderte Lou. »Und das ist für so einen Kleinen wie dich viel zu gefährlich, weil du noch nicht so große Schritte machen kannst.«

»Kann ich wohl«, sagte Dennis empört und machte es ihnen bis zum Eingang des Gemüselagerraums vor. Ratze hatte die Tür bereits geöffnet und drückte nun mit dem Besen den Holzdeckel in der Decke zur Seite.

»Trotzdem«, sagte Emily. »Es ist zu gefährlich. Das Krokodil kriegt dich ohne Probleme und *schnapp!* ist dein Bein ab.«

Dennis glotzte sie mit großen Augen an. »Ein Krokodil?«, stammelte er. »Wo denn?«

»Oben im Garten«, wisperte Emily. »Meistens versteckt es sich in den Büschen. Ich vermute, der Swimmingpool hat es angelockt. Krokodile mögen ja Wasser.«

Unterdessen zog Ratze den Strick runter und hangelte sich daran zur wilden Wiese hinauf.

Dennis nickte. Er stellte sich genau unter das Loch und beobachtete Ratze angespannt.
»Pass bloß auf«, murmelte er. »Pass auf das Krokodil auf.«
Die Mädchen hatten schon ganz rote Gesichter, weil sie sich das Lachen kaum noch verkneifen konnten.
»Jetzt mach mal Platz«, sagte Emily und stupste ihn zur Seite. »Wir müssen das Krokodil fangen, bevor es Ratze entdeckt hat.«
»Wie denn? Womit denn?«, fragte Dennis. Aufgeregt trat er von einem Bein aufs andere.
»Na, mit dem Stacheldraht hier«, erwiderte Emily und reichte Ratze die Rolle hinauf. »Siehst du schon was?«, fragte sie augenzwinkernd.
Ratze schüttelte den Kopf. »Alles ruhig.«
»Gut«, sagte Emily, und während Lou an dem Seil hinaufkletterte, schärfte sie ihrem Bruder ein, um Himmels willen bloß keinen Mucks von sich zu geben. Dann zog sie sich ebenfalls nach oben und legte den Deckel über das Loch.
»Was der so alles glaubt«, meinte Ratze kopfschüttelnd. »Irgendwie ist es ja schon süß.«
»Hör bloß auf«, brummte Emily. »Du musst ihn ja nicht den ganzen Tag ertragen.«
Sie schnappte sich die Drahtrolle und rannte damit zur Kastanie hinüber. Ratze und Lou folgten ihr.
»Eigentlich reicht es doch, wenn wir die Äste, die so blöd hier herüberreichen, damit umwickeln«, meinte Lou.

»Dann sieht man das von der Straße aus nicht und so selten, wie dein Vater hier in den Garten kommt ...«
Ratze hielt das für eine gute Idee und auch Emily war nach kurzer Überlegung einverstanden und so machten die Mädchen sich gleich an die Arbeit. Es war eine verdammt stachelige Angelegenheit und ging nicht ganz ohne Schrammen ab, doch als sie alle relevanten – wie Emily sich ausdrückte – Äste umwickelt hatten, waren sie sehr zufrieden mit ihrem Werk.
»Jetzt sehen wir aus wie echte Kämpfer«, meinte Ratze, während sie ihre leicht blutenden Kratzer an den Händen in ihrem Camouflage-Sweatshirt abtupfte. »Ganz grün und braun und blutig.«
»Dann lasst uns mal gleich die nächste Sache in Angriff nehmen«, sagte Emily.
Sie stürzte auf den Holzdeckel zu und hievte ihn zur Seite. »Aber wir müssen doch noch auf Maleen warten«, wandte Lou sofort ein.
»Jetzt mach dir mal nicht ins Hemd, das tun wir ja auch«, erwiderte Emily.
Sie fasste das Seil und verschwand im Loch. Ratze und Lou folgten ihr schwungvoll. Mit dem Besen schoben sie das Seil wieder nach oben auf die Wiese und mit seinem Stielende rückten sie den Deckel auf das Loch zurück.
»Und? Habt ihr das Krokodil gefangen?«, fragte Dennis mit glänzenden Augen.
»Klar«, sagte Emily und rieb sich die Hände. »Nachher kommt ein Hubschrauber und fliegt es nach Afrika.«

Die Augen ihres Bruders wurden immer größer. »Echt?«
»Ja, echt«, bestätigte Emily. »Das Blöde ist nur, dass Ratze, Lou und ich jetzt ganz dringend wegmüssen und das Ganze nicht im Auge behalten können ...«
»Aber ich!«, rief Dennis. »Ich bleibe hier und gucke.« Er stürzte nach draußen und postierte sich unter einem Apfelbaum. »Von hier kann ich den ganzen Himmel sehen.«
»Das würdest du wirklich tun?«, rief Emily mit gespielter Freude. »Du bist ja ein richtiger Schatz.«
Dennis strahlte noch ein bisschen mehr und die Mädchen rannten kichernd zum Haus.

Liebesgesäusel

»Was will der denn hier?«, fragte Emily und musterte den Jungen, der neben Maleen zur Pforte hereinspazierte, misstrauisch.

»Das ist Henri«, sagte Maleen. »Ohne den wäre ich nicht hier und deshalb kann ich ihn ja wohl schlecht wegschicken.«

Bevor Emily etwas erwidern konnte, waren Maleen, Ratze und Lou einander bereits um den Hals geflogen. Henri hob die Schultern und grinste Emily an. Sie spürte, wie ihr das Blut in den Kopf schoss, und das machte sie noch wütender.

»Wir sind eine Mädchenbande!«, keifte sie. »Da kann nicht einfach jeder Hinz und Kunz ...«

»Henri ist kein Kunz«, sagte Maleen. Sie machte sich von Ratze und Lou los und wandte sich an Emily. »Kapierst du das denn nicht? Er hat uns geholfen. Und er könnte uns vielleicht auch helfen, dein Kickboard zurückzuholen.«

Emily zog geräuschvoll Luft in die Nase. Das, was Maleen da verlangte, ging ihr eindeutig zu weit. – Einerseits. Andererseits wollte sie jetzt auch nicht großartig rumlabern, sondern so schnell wie möglich ihr Kickboard wiederhaben. Und so brummte sie: »Aber das ist die absolute Ausnahme. Klar?«

Ratze und Lou nickten artig und Henri hob noch mal die Schultern und grinste. Es war zum Verrücktwerden, fand Emily, und damit sie bloß nicht mehr drüber nachdenken musste, trieb sie die drei hastig vor sich her zum Bürgersteig hinunter und in die Straße, in der Jesper wohnte.

»Woher wollt ihr denn so genau wissen, dass das Ding ausgerechnet bei ihm steht?«, erkundigte sich Henri. »Ich denke, es gibt da noch zwei Typen, die eventuell infrage kämen.«

Emily warf Maleen einen finsteren Blick zu. Was hatte sie diesem komischen Halbfranzosen bloß alles erzählt? Emily beschloss, ihm nicht einen einzigen Pups mehr zu verraten, und stapfte mit verkniffenen Lippen voraus. Ratze zeigte sich jedoch etwas offenherziger.

»Das hängt damit zusammen, dass es Emilys Kickboard ist«, erklärte sie. »Und weil es zwischen ihr und Jesper eine besondere Verbindung gibt.«

Emily fuhr herum. »Jetzt halt doch die Klappe! Was geht den das denn an?«

»Nichts«, sagte Henri mit entwaffnender Fröhlichkeit. »Ich hätte allerdings nie gedacht, dass es Liebesbeziehungen unter euch gibt. Ich dachte, ihr seid verfeindet.«

»Sind wir ja auch«, erwiderte Ratze schnell. »Jesper ist sozusagen Emilys Lieblingsfeind. Und Maleens auch.«
Augenblicklich errötete Maleen. »Das stimmt nicht«, hauchte sie.
Emily verdrehte die Augen und rannte so schnell wie möglich weiter. Nur durch Konzentration auf die bevorstehende Aktion konnte sie jetzt noch verhindern, dass Ratze freimütig sämtliche Geheimnisse der *Pfeffermiezen* ausplauderte. Und zum Glück zogen die anderen mit und eilten schnaufend hinter ihr her.
Als Jespers Haus in Sichtweite kam, stoppte Emily und legte als Zeichen dafür, dass ab jetzt nur noch geflüstert werden durfte, den Finger an ihre Lippen. »Zuerst müssen wir rausfinden, ob jemand zu Hause ist.«
»Ach Quatsch«, erwiderte Henri. »Dieser Jesper kennt mich doch gar nicht. Ich werde mich einfach mal ganz auffällig dort umsehen.«
Emily wollte sofort widersprechen. So weit kam das noch, dass der sich überall einmischte und jetzt sogar Anstalten machte, das Kommando zu übernehmen! Aber Ratze, Lou und Maleen waren blöderweise so begeistert von der Idee, dass Emily glatt die Worte im Hals stecken blieben.
Henri nickte ihr noch einmal zu, dann versenkte er die Hände in den Hosentaschen und spazierte pfeifend auf das Grundstück zu.
Die *Pfeffermiezen* folgten ihm tief geduckt, sodass sie vom Haus oder Garten aus nicht zu sehen waren.

An der Pforte reckte Henri seinen Kopf in alle Richtungen, schließlich legte er den Riegel um und spazierte ganz selbstverständlich auf den Hauseingang zu. Die Mädchen stoppten und hielten sich hinter der Hecke verborgen.
»Last uns erst mal abwarten, was passiert«, wisperte Emily.
Ratze, Lou und Maleen nickten angespannt. Und dann passierte wirklich etwas: Jespers Stimme ertönte klar und deutlich.
»He, was machst du denn hier?«
»Ich?«, antwortete Henri. »Ja, also ich wollte eigentlich ...«
»Weiß schon«, unterbrach Jesper ihn, »du suchst bestimmt Vincent. Sorry, aber ich kenne mich mit seinen ständig wechselnden Kumpels einfach nicht aus.«
»Kein Problem«, sagte Henri.
»Jedenfalls ist er hinten im Garten und spielt Tischtennis«, meinte Jesper. »Tu dir keinen Zwang an.«
Leise feixend, boxte Ratze Emily gegen die Schulter. »Hast du gehört?«, raunte sie. »Klappt doch wie geschmiert.«
»Jaja«, brummte die. »Aber mein Kickboard, das hol ich mir selber.«
Lou seufzte und Ratze verdrehte die Augen. Nur Maleen platzte vor stillem Vergnügen fast aus den Nähten. Aufgeregt trommelte sie auf Lous Rücken herum.
»Mensch, ich bin so froh, dass ich endlich wieder was mit euch erlebe«, jubelte sie leise in ihr Ohr.

Eine Ewigkeit passierte nichts und die Warterei war fast nicht auszuhalten. Ratze setzte sich einfach auf den Boden, weil sie die gehockte Haltung nicht mehr aushielt, und Emily schaute alle paar Sekunden auf die Uhr. »Wenn der in einer Minute nicht auftaucht«, sagte sie, »dann ...«
»Sei doch mal ruhig«, zischte Lou ihr dazwischen. »Hörst du denn nicht?«
»Was denn?«, brummte Emily.
Maleen hob den Kopf und spitzte die Ohren. »Meinst du das Pfeifen?«, fragte sie.
Lou nickte. »Genau das. Ich glaube, Henri kommt zurück.«
»Ja, jetzt hör ich es auch«, sagte Ratze.
Sie rappelte sich auf die Füße und stieß Emily dabei fast um. Die wollte sich gerade beschweren, da ertönte wieder Jespers Stimme.
»Hey, sag mal, spinnst du jetzt total!«, brüllte er. »Das ist meins. Vincent kann das doch nicht einfach so verleihen.«
»Wieso?«, erwiderte Henri. »Er hat mir erzählt, dass du es dir geklaut hast.«
»Ach ja?«, ereiferte Jesper sich. »Und das ist Grund genug für dich, es mir ebenfalls zu stehlen?«
»Ich stehle es nicht«, sagte Henri seelenruhig. »Ich gebe es bloß seiner rechtmäßigen Besitzerin zurück.«
»Was soll das heißen?«, schrie Jesper.
Kurz darauf tauchte Henri an der Pforte auf. Er hob Emilys Kickboard hinüber, stellte es auf den Bürgersteig und verpasste ihm einen kräftigen Stoß, sodass es auf die Mädchen zurollte.

»Los, Emily, schnapp es dir!«, zischte Ratze. »Wir rennen schon mal zurück.«
Die Mädchen sprangen auf. Und während Ratze, Lou und Maleen in Richtung steinkampsches Grundstück zurückflitzten, rannte Emily auf das Kickboard zu und bekam es gerade noch zu fassen, bevor es umstürzte. Henri hechtete mit einem Satz über die Pforte. Hinter ihm tauchte Jesper auf und hielt die geballte Faust in den Himmel. »Na, wartet, *Pfeffermiezen!«*, brüllte er aus vollem Hals. »So haben wir nicht gewettet!«
Emily grinste in sich hinein. Obwohl sie ziemlich sauer war, weil Henri einfach den ganzen Job übernommen hatte, freute sie sich, dass Jesper so erstklassig überlistet worden war. Und als sich alle fünf ein paar Minuten später im steinkampschen Vorgarten versammelt hatten, musste Henri natürlich erst mal erzählen, wie er das Kickboard überhaupt gefunden hatte.
»Ach, das war überhaupt kein Problem«, meinte er. »Der Typ hatte es ja nicht mal richtig versteckt. Es lehnte da einfach so an der Gartenlaube.«
Emily schüttelte den Kopf. Das war typisch Jesper! Der war sich seiner Sache einfach zu sicher gewesen. Bestimmt hatte er gedacht, dass sie ihm seine infame Lüge einfach so abgenommen hatten. Da hatte er sich allerdings geschnitten. Stattdessen war er durch Henris Unverfrorenheit tatsächlich noch übertroffen worden. Emily konnte nicht anders, sie musste Henri einfach ein bisschen bewundern. Aber sie tat es mit eisigem Herzen und bitterer Miene.

»Der hatte ja auch die ganze Zeit über nichts weiter zu tun, als kleine Herzchen in ein Stück Holz zu ritzen«, erzählte Henri weiter.

Kleine Herzchen? – Die Mädchen schauten ihn mit großen Augen an.

»Ich hab nämlich 'ne ganze Weile hinter ihm gestanden«, sagte Henri. »Der war so in Gedanken an seine Angebetete vertieft, dass er das überhaupt nicht gemerkt hat. Ich bin dann einfach an ihm vorbeigerollert und der hat, erst als ich am Törchen war, geschnallt, dass ich gar nicht mit seinem Bruder verabredet war.«

Henri kicherte in sich hinein.

Ratze, Lou, Emily und Maleen qualmten allerdings vor Empörung. Das durfte ja wohl nicht wahr sein! Jetzt hatte Jesper sich doch tatsächlich in Ronja verknallt. – Womöglich versuchte er sie sogar zu treffen – was natürlich unter allen Umständen verhindert werden musste!

Auskünfte aller Art

Am nächsten Morgen wäre Emily fast noch vor der ersten Unterrichtsstunde über Ronja hergefallen.
»Am besten, ich würge sie so lange, bis sie mir sagt, wo sie sich treffen«, schlug sie vor, doch leider waren Ratze und Lou damit nicht einverstanden.
»Wir kümmern uns jetzt erst einmal um Maleen«, sagte Lou. »Das hast du versprochen.«
»Und danach sind die *Comtessen* dran«, entschied Ratze. Murrend willigte Emily ein und so gingen die Mädchen gleich in der ersten großen Pause zum Lehrerzimmer und baten darum, mit Frau Böhme reden zu dürfen.
»Nanu?«, wunderte sich die Klassenlehrerin.
»Ihr wollt mich außerhalb der Unterrichtszeit sprechen?«
Lou nickte. »Es geht um Maleen«, sagte sie und räusperte sich, bevor sie weitersprach.
»Hat ihre Mutter sie schon abgemeldet?«

Frau Böhme zog die Stirn in Falten. »Frau Langenfeld hat mich angerufen ... ja ...«, bestätigte zögernd. »Aber darüber darf ich euch natürlich nichts sagen.«
»Aber das tun Sie doch schon«, sagte Lou und zauberte sich ein entwaffnendes Lächeln ins Gesicht.
Die Klassenlehrerin öffnete den Mund, wusste aber offenbar nicht, was sie darauf erwidern sollte.
»Maleen darf nicht von der Schule gehen«, riefen Ratze, Emily und Lou im Chor. »Bitte, bitte! Sie müssen ihre Mutter umstimmen.«
»Das habe ich doch schon versucht«, sagte Frau Böhme. »Ich bin ja selber nicht dafür, dass Maleen auf eine Realschule geht. Sie wäre dort unterfordert. Aber ihre Mutter scheint da bedauerlicherweise ganz anderer Auffassung zu sein.«
»Dann ist sie also schon abgemeldet«, meinte Ratze enttäuscht. Sie wandte sich ihren Freundinnen zu und ballte verzweifelt die Fäuste. »So ein Mist.«
Die Klassenlehrerin hob die Schultern. »Ja, ich fürchte, ich kann da gar nichts mehr tun.« Sie berührte Lou, der bereits die Tränen in den Augen standen, sanft an der Schulter. »Es tut mir wirklich sehr leid.«
Dann schien ihr plötzlich noch etwas anderes einzufallen und sie sprach Emily an: »Das Handy, das ich gestern an mich genommen habe, ist tatsächlich nicht Ronjas. Das haben mir ihre Eltern bestätigt. Nun frage ich dich: Was würde passieren, wenn ich bei dir zu Hause nachfrage?«

»Na ja …«, druckste Emily. »Also, dann würden meine Eltern Ihnen wahrscheinlich erzählen, dass ich auch keins besitze. Aber …«
Die Augenbrauen der Englischlehrerin wanderten nach oben. »Aber?«
»Ich weiß, wem es gehört. Er geht nicht auf diese Schule. Aber ich könnte es ihm zurückgeben.«
»Könntest oder würdest?«, vergewisserte sich Frau Böhme.
»Ich würde es«, sagte Emily und hob die Hand zum Schwur.
Die Klassenlehrerin nickte. »Also gut«, meinte sie, während sie die Tür zum Lehrerzimmer aufdrückte. »Einen Moment, ich hole es.«
»Und ich vertraue darauf, dass du es dem rechtmäßigen Besitzer zurückbringst«, sagte sie noch einmal sehr nachdrücklich, als sie Emily das Handy in die Hand legte.
»Ich verspreche es«, sagte Emily gepresst. Irgendwann, dachte sie. Denn zum Glück hatte Frau Böhme sich, was den Zeitpunkt betraf, nicht festgelegt.
Mit hängenden Schultern trotteten die Mädchen auf den Schulhof hinaus. Lou schluchzte leise vor sich hin. Ratze legte den Arm um ihre Schultern und trocknete ihr die Tränen mit einem angeschmuddelten Papiertaschentuch.
»Der Akku ist nun endgültig leer«, stellte Emily fest.
»Wen interessiert denn das Handy!«, knurrte Ratze. »Überleg dir lieber, was wir jetzt wegen Maleen unternehmen.«

Emily winkte ab. »Später«, murmelte sie. Sie reckte ihren Hals heraus und suchte den Schulhof ab. »Jetzt nehmen wir uns erst einmal die süßen *Comtessen* zur Brust.«
Sie entdeckte Ronja, Geli und Larissa neben dem Eingang der Jungenklos.
»Was machen die denn da?«, murmelte sie. Ohne weiter auf Ratze und Lou zu achten, steuerte sie auf die *Comtessen* zu, die so mit sich selbst beschäftigt waren, dass sie viel zu spät tickten, wer sich ihnen genähert hatte.
»Na, wollt ihr über die Jungs herfallen, die aus dem Klo kommen?«, fragte Emily und reckte provozierend ihr Kinn heraus.
»Quatsch«, sagte Larissa. »Das haben wir doch gar nicht nötig. Wir haben alle einen Freund.«
»Tatsächlich?«, erwiderte Emily. »Ihr meint wohl, ihr teilt euch einen. Fabian zum Beispiel.«
»Fabian. Ts!« Ronja grinste. »Wir haben richtige Verehrer.«
»Wer's glaubt, wird selig«, meinte Emily abfällig. »Euch fasst ein Typ doch nicht mal mit 'ner Kneifzange an.«
»Aber dich, was?«, zischte Ronja.
»Ich will mit Typen gar nichts zu tun haben«, sagte Emily. »Und was euch betrifft, ihr werdet garantiert nur verarscht.«
»Das ist überhaupt nicht wahr!«, platzte Geli wutentbrannt heraus. »Wir haben eine echte Verabredung. Heute Abend um sechs Uhr gehen wir mit unseren Freunden ins Kino.«

»Mensch, halt doch die Klappe!«, sagte Ronja.

Doch Emily reckte ihr Kinn nur noch höher und meinte: »Wen interessiert das denn schon? Mich jedenfalls nicht.«

Dann drehte sie sich auf dem Absatz um und marschierte mit hoch erhobenem Kopf zu Ratze und Lou zurück. Dabei verkniff sie sich jede Geste des Triumphs. Die blöden *Comtessen* sollten bloß nicht merken, dass Emily gerade genau das in Erfahrung gebracht hatte, was sie wissen wollte.

Ein Pferd spielt verrückt und ein Mädchen wächst über sich hinaus

Lou bekam von dem wunderbaren Reisauflauf, den ihr Vater zu Mittag gekocht hatte, kaum etwas herunter. Sie dachte ununterbrochen an Maleen und daran, wie unglaublich fies es war, dass Frau Langenfeld einfach über den Kopf ihrer Tochter hinweg entschied.
Obwohl es niemals eintreten würde, überlegte Lou, was sie in einem solchen Fall tun würde, und da fiel ihr auf einmal Ratzes Onkel ein. Der arbeitete bei der Zeitung und könnte doch einen wunderbaren Artikel über Frau Langenfelds Gemeinheiten schreiben. Ein Thema, über das sie sich gleich nach den Hausaufgaben mit Ratze und Emily beraten musste.
Plötzlich hatte sie es sehr eilig. Sie schaufelte sich alles, was sich noch auf ihrem Teller befand, in einem Höllentempo in den Rachen, trug ihr Geschirr in die Küche und

wollte sich auf ihren Rucksack stürzen. Da klingelte das Telefon.

»Ich geh schon«, sagte Herr Berger. »Du scheinst ja etwas Wichtiges vorzuhaben.

Während Lou in ihr Zimmer hastete, nahm er das Funkteil aus der Station. Sie hatte gerade ihre Mathesachen herausgekramt, da stand ihr Vater im Zimmer.

»Ist für dich«, meinte er grinsend. »Ein Henri.«

Da gibt es gar nichts zu grinsen, dachte Lou, nahm ihm das Funkteil aus der Hand und schlug ihm die Tür vor der Nase zu.

»Hallo, hier ist Lou.«

»Clypso kommt zum Schlachter«, sagte Henri nur. Seine Stimme zitterte.

»Wann?«, fragte Lou tonlos.

»Keine Ahnung. In einer Stunde. In zwei ...« Es klang so, als ob er heulte.

»Wir kommen«, sagte Lou entschieden.

Sie hatte zwar keine Ahnung, wie Ratze und Emily reagieren würden, und wahrscheinlich konnten sie die Sache sowieso nicht verhindern, trotzdem mussten sie Henri jetzt beistehen. Schließlich hatte er ihnen auch geholfen.

Nach einem bisschen Hin und Her sah Emily das genauso.

»Er ist zwar ein Typ«, betonte sie. »Und er hat sich ein bisschen zu tief in unsere Angelegenheiten gemischt, aber es geht hier ja auch um Maleen.«

Alles Weitere verkniff sie sich. Zum Beispiel, dass sie Pferde eigentlich eher zickig fand und sie zudem schon mal

Stutenwurst gegessen hatte, die ihr ganz hervorragend geschmeckt hatte.
Sie packte ihr Kickboard und brauste Ratze und Lou voran über die Radwege zum Reiterhof Langenfeld hinaus.
Sie hörten das Gewieher schon aus der Ferne.
Emily, Ratze und Lou stoppten. Sie stiegen von ihren rollenden Untersätzen und schoben sie nun zögernd auf das große Holztor zu. Es stand weit offen und auf dem Hof parkte der Transporter eines Viehhändlers. Die Laderampe war heruntergeklappt.
Frau Langenfeld und Sebastian hielten Clypso von beiden Seiten am Zaumzeug und versuchten, ihn auf den Transporter zu ziehen. Gleichzeitig wedelte ein stämmiger Mann, der eine dunkelgrüne Schiebermütze auf dem Kopf trug, mit einer Karotte vor dem Wallach, um ihn auf die Rampe zu locken.
Henri und Maleen standen neben den Stallungen und verfolgten das Ganze mit wachsbleichen Gesichtern.
»Was machen wir nur?«, wisperte Lou. »So ein schönes Pferd kann man doch nicht einfach schlachten.«
Ratze und Emily schluckten und schwiegen. Langsam und mit klopfenden Herzen schoben die drei Mädchen ihre Metallesel weiter durch das Tor.
Plötzlich bäumte Clypso sich auf. Er wieherte laut und durchdringend. Vor Schreck ließ Lou ihr Fahrrad zu Boden krachen. Sie und Ratze standen wie in die Gegend gemeißelt da. Der Mann mit der Schiebermütze war zur Seite gesprungen. Sebastian versuchte, den Wallach zu beruhi-

gen, während Frau Langenfeld am Zügel zerrte und wütend auf Clypso einbrüllte.

»Mama, hör auf!«, rief Maleen. »So geht das nicht.«

»Ach ja?«, schrie ihre Mutter zornig. »Ausgerechnet du willst das wissen!«

In diesem Augenblick riss Clypso sich los. Er schlug nach hinten aus und raste los – geradewegs auf Ratze, Lou und Emily zu.

»Oh Gott!«, wisperte Lou. Sie starrte dem Wallach wie hypnotisiert entgegen.

Ratze erwachte aus ihrer Trance.

»Kommt!«, zischte sie, drehte sich um und wollte wieder zurückfahren. Doch Emily schlug ihr das Tor vor der Nase zu.

»Alle Mann hinter mir her!«, schrie sie.

Lou hob ihr Fahrrad auf. Die Mädchen rasten auf den Zaun zu, ließen ihre Räder und das Kickboard fallen und hechteten auf die andere Seite hinüber, wo sie keuchend ins Gras purzelten.

Unterdessen galoppierte Clypso auf das Tor zu. Erst kurz davor verlangsamte er sein Tempo, bäumte sich noch einmal auf, verfiel in den Trab und nickte noch ein paar Mal mit dem Kopf auf und ab, bevor er sich an den Zaun stellte und unruhig hin und her trabte.

»Ein Glück, dass er nicht zu uns rübergesprungen ist«, murmelte Lou.

Sie setzte sich auf und sah zu den Stallungen hinüber. »Oh nein«, krächzte sie entsetzt. »Bitte tu das nicht.«

»Was ist denn jetzt wieder los?«, fragten Ratze und Emily wie aus einem Munde. Bevor Lou ihnen jedoch eine Antwort geben konnte, sahen sie es bereits selbst.
Maleen hatte sich von der Gruppe, die wie gelähmt neben dem Stall stand, gelöst und lief nun geradewegs auf Clypso zu. Ihr Schritt war ruhig und langsam, aber mutig und bestimmt. Nach kurzem Zögern folgte Henri ihr in gebührendem Abstand.
»Komm sofort zurück!«, brüllte Frau Langenfeld.
Doch Maleen ging unbeirrt weiter.
Ratze, Lou und Emily hielten den Atem an. Mit weit aufgerissenen Augen stierten sie zwischen Maleen und dem Wallach hin und her. Clypso warf den Kopf zurück und schnaubte. Dann trabte er langsam in Richtung Tor.
Maleens Schritte wurden nun langsamer. Nur noch sieben oder acht Meter und sie würde bei ihm sein. Sie senkte den Kopf und tat so, als ob sie sich überhaupt nicht für ihn interessierte. Leise murmelnd, ging sie auf das Tor zu und machte sich an einem der Pfosten zu schaffen. Henri war stehen geblieben. Frau Langenfeld hatte aufgehört zu schreien. Es herrschte angespannte Stille.
Nach einer Weile wurde Clypso ruhiger. Er tänzelte auf und ab, dann stand er plötzlich still und fixierte Maleen, die ihm den Rücken zugewandt hatte.
»Gleich«, wisperte Lou. »Gleich geht er auf sie los.«
»Das wäre feige«, flüsterte Ratze. »Und ich glaube, Pferde sind nicht feige.«

»Aber wenn sie Angst haben?«, erwiderte Lou skeptisch.
»Schscht!« Emily machte eine abwehrende Handbewegung. »Guckt doch mal«, raunte sie und zeigte auf Clypso.
Tatsächlich näherte der Wallach sich Maleen. Langsam, Schritt für Schritt, ging er auf sie zu. Dann hob er den Kopf, nickte und pustete ihr in die Haare.
»Das gibt's doch gar nicht«, murmelte Lou. Sie richtete sich auf und sah, dass Henri sich den beiden nun von der Seite, gut sichtbar für Clypso, näherte. Auch er blickte dem Wallach nicht direkt in die Augen, sondern tat eher beiläufig.
Clypso wieherte leise, nickte und legte sein Maul auf Henris Schultern.
»Bist mein Guter«, sagte Henri.
Sanft strich er über Clypsos Nase und tätschelte seinen Hals. Maleen, die sich inzwischen umgedreht hatte, tastete nach dem Zügel. Sie war kalkweiß im Gesicht, aber sie bewegte sich langsam und geschmeidig.
»Es passiert dir nichts«, hörte Lou sie murmeln. »Das versprechen wir dir.«

Ein klärendes Gespräch

Emily, Ratze, Lou, Maleen und Henri hockten um den Küchentisch herum und schlürften heißen Kakao, den Maleens Oma ihnen gekocht hatte. Niemand sagte ein Wort. Reihum richteten sie ihren Blick auf die Tür und seufzten leise.

»Macht euch keine Sorgen«, sagte Maleens Oma. »Es wird sich schon eine Lösung finden.«

Ganz von selber? Daran glaubte Maleen nicht. So wie ihre Mutter sie angeschrien hatte. Es war garantiert bis in die Stadt zu hören gewesen. Oma und Opa waren jedenfalls sofort herübergekommen. Sie hatten sich alles erzählen lassen, und nachdem Henry Clypso in seine Box zurückgebracht hatte, hatten sie den Viehhändler fortgeschickt und die Kinder mit in ihr Haus genommen.

Zwischen Maleens Mutter und ihren Eltern hatte es einen Riesenstreit gegeben, an dessen Ende Maleens Oma ihrer Tochter empfohlen hatte, endlich der Wahrheit ins

Gesicht zu sehen. Frau Langenfeld hatte ihre Mutter angeschaut, als ob die nicht alle Tassen im Schrank hätte. Schließlich hatte sie sich auf dem Absatz umgedreht und war wie ein Irrwisch in ihr Büro gerannt.

»Wenn Pamela wenigstens wieder zurückkäme«, murmelte Maleen. »Vielleicht würde Mama sich dann ein bisschen beruhigen.«

»Das wird sie nicht«, orakelte ihre Oma. »Und ich finde, sie sollte es auch nicht.«

»Außerdem weiß ich, wo Pamela hin ist«, meldete sich Henri zu Wort.

Alle schauten ihn erstaunt an. Es war wirklich nicht zu fassen, was dieser Kerl draufhatte!

»Na ja«, sagte Henri und grinste. »Zu Darius natürlich.«

»A-aber ...«, erwiderte Maleen. »Das kann nicht sein. Sie weiß doch überhaupt nicht, auf welchem Hof er jetzt arbeitet. Und ich habe noch nicht ...«

»Aber ich«, unterbrach Henri ihr Gestammel. »Ich hab's rausgekriegt. Ich habe einfach alle Reiterhöfe im Umkreis angerufen und ...«

Jetzt war es Maleen, die ihn nicht zu Ende erzählen ließ.

»Aber wieso hast *du* nach Darius gesucht?«, fragte sie mehr als verwundert.

Henri schüttelte den Kopf. »Hab ich auch gar nicht. Es war reiner Zufall«, erklärte er den Mädchen. »Eigentlich habe ich nach einem Platz für Clypso gesucht ...«, jetzt strahlte er über das ganze Gesicht, »und vielleicht auch gefunden. Es gibt da nämlich einen Reiterhof, der sich mit besonders schwierigen Fällen beschäftigt. Im Moment haben sie leider keinen Platz, aber wenn Clypso noch eine Weile hierbleiben könnte ...«

»Er kann«, sagte Frau Langenfeld, die urplötzlich wie aus dem Kosmos gebeamt in der Küchentür stand.

»Aber Mama!«, rief Maleen.

Mehr brachte sie nicht heraus. Fassungslos starrte sie ihre Mutter an. Auch Ratze, Lou und Emily bekamen große Augen und wussten nicht, was sie sagen sollten. Bestimmt war das nur ein wunderbarer Traum, aus dem sie jeden Augenblick erwachen würden. Oder aber die ganze Sache hatte einen Riesenhaken. – Wie auch immer, sie trauten dem Braten nicht.

Frau Langenfeld kam herein, zog den Hocker, der unter der Fensterbank stand, neben Maleen an den Tisch und ließ sich darauf nieder. Bevor sie zu reden begann, warf sie ihrer Mutter, die am Küchentresen lehnte, noch einen kurzen, nervösen Blick zu. Maleens Oma schloss die Augen und nickte ihrer Tochter aufmunternd zu.

»Ich wäre vor Angst fast gestorben«, sagte Frau Langenfeld, nachdem sie einmal tief durchgeatmet hatte. »Ich dachte, er bringt dich um.«

»Aber Mama«, sagte Maleen nun ganz leise. »Clypso ist doch ganz friedlich.«

»Nein, das ist er nicht«, widersprach ihre Mutter energisch. »Er ist unberechenbar.« Sie senkte den Kopf und guckte angestrengt auf ihre Finger. »Genau wie ich«, sagte sie leise.

Maleen öffnete den Mund. Fast hätte sie noch ein drittes Mal »Aber Mama!« gerufen. Doch sie schluckte es herunter. Ihr Herz klopfte wie wild und ihre Hände fingen an zu zittern. Sie hatte keine Ahnung, was nun noch kommen würde. Und eigentlich war es auch egal. Ihre Mutter hatte Angst um sie gehabt. Das war alles, was Maleen im Augenblick denken konnte. Alles, was zählte. Etwas, das alles veränderte.

»Und Menschen bringt man schließlich auch nicht einfach zum Schlachter«, sagte Frau Langenfeld.

Ihre Stimme klang schon wieder fast so wie immer. Bestimmt und ein wenig harsch. Sie stützte sich auf dem Tisch ab und machte Anstalten aufzustehen.

»Und das soll jetzt alles gewesen sein?«, fragte Maleens Oma.

»Natürlich«, erwiderte Frau Langenfeld. »Vergangenes ist vergangen. Daran kann man ohnehin nichts ändern. Wir müssen nach vorne schauen.«

Maleen traute sich kaum, ihre Mutter anzusehen. Ihr Hals war wie zugeschnürt. Trotzdem: Wenn sie jetzt nichts sagte, dann würde sich nichts ändern. Jedenfalls nicht wirklich.

»Oma hat gesagt, es gibt da ein Geheimnis«, krächzte sie.

Für einen Moment herrschte angespannte Stille. Schließlich ließ Frau Langenfeld sich wieder auf den Hocker zurückfallen.

»Es ist kein Geheimnis«, sagte sie. »Ich bin von einem Wallach niedergerannt worden, als ich mit dir schwanger war. Beinahe hätte ich dich verloren.«

»Hab ich deshalb immer so eine Angst vor Pferden gehabt?«, fragte Maleen.
»Ich nehme es an«, sagte ihre Mutter.
»Warum hast du mir das nie erzählt?«, fragte Maleen. »Wenn es doch kein Geheimnis ist.« Ihre Unterlippe bebte und ihre Augen füllten sich mit Tränen. »Warum hast du immer Pamela so doll gelobt, wenn sie ein gutes Turnier geritten hat? Wieso ...«
»Weil sie sich die Schuld daran gegeben hat, dass du nicht reiten konntest«, sagte ihre Oma. »Und weil sie gegen ihre eigene Angst ankämpfen musste.«
Frau Langenfeld warf ihrer Mutter einen bitterbösen Blick zu, sagte aber nichts. Ganz kurz legte sie ihren Arm um Maleens Schulter und drückte sie kurz und ein wenig unsanft an sich. »Es ist gut, mein Mädchen«, murmelte sie. »Ich bin sehr stolz auf dich.«
Dann erhob sie sich ruckartig und ging auf die Tür zu.
»Und was ist jetzt mit Ratze, Lou und Emily?«, schluchzte Maleen. »Und mit der Schule?«
»Deine Freundinnen haben verhindert, dass Clypso ausbrechen konnte«, erwiderte ihre Mutter, ohne sich zu ihrer Tochter umzudrehen. »Und was die Schule betrifft: Deine Klassenlehrerin hat mich angerufen und vorgeschlagen, dich erst einmal auf dem Gymnasium zu lassen.«

Stilles Ende

Emily, Ratze, Lou und Maleen konnten kaum fassen, dass die ganze Geschichte einfach so ohne viel Tamtam zu Ende gegangen sein sollte.
Nachdem Frau Langenfeld die Küche verlassen hatte, leerten sie stumm ihre Kakaotassen. Maleens Oma stand mit verschränkten Armen am Fenster und schaute schweigend zum Reiterhof hinüber.
In Maleens Herzen wirbelte alles durcheinander. Welche Ängste ihre Mutter hatte und welche Gefühle sie für ihre jüngere Tochter empfand, das konnte sie immer noch nicht richtig greifen. Aber eines wusste sie: Sie war ihrer Mutter nicht egal. Sie war ihr die ganze Zeit über wahrscheinlich nicht einmal weniger wichtig gewesen als Pamela. Und das war das, was eigentlich zählte.
Natürlich hätte Maleen noch tausend Fragen gehabt. Da sie aber wusste, dass sowohl ihre Mutter als auch ihre Oma gegen jede Art von Bettelei und Gelöchere total im-

mun waren, gab sie sich erst mal mit dem zufrieden, was sie wusste, und hoffte darauf, in Zukunft vielleicht noch ein bisschen mehr zu erfahren.

»Ich werde mich mal um den Stall kümmern«, sagte Maleens Großmutter. »Und ihr lasst ausnahmsweise einfach alles stehen und liegen.« Sie nickte Henri und den Mädchen noch einmal zu und verzog sich dann ebenfalls aus der Küche.

»Und wir müssen uns auch langsam mal in Bewegung setzen«, meinte Emily, nachdem sie einen Blick auf ihre Armbanduhr geworfen hatte.

Maleen hob die Augenbrauen. Schließlich hatte sie keine Ahnung, dass an diesem Abend noch ein konspirativer Kinobesuch angesagt war.

»Das erklären wir dir unterwegs«, sagte Ratze mit einem Blick auf Henri.

Emily nickte. »Das ist nun wirklich reine *Pfeffermiezen*-Sache«, bekräftigte sie.

Henri hob die Hände.

»Schon klar«, meinte er. »Ich käme ja gar nicht auf die Idee zu denken, dass wir plötzlich irgendwie miteinander befreundet wären.«

»Schlaues Kerlchen«, sagte Emily. »Dazu gibt es nämlich überhaupt keinen Grund.«

»Clypso werde ich trotzdem jeden Tag besuchen«, erwiderte Henri und lächelte Maleen zu.

Die hatte das verdammt unangenehme Gefühl, jeden Augenblick eine Backofenbirne zu bekommen, und so hakte

sie sich hastig bei Lou unter und folgte mit ihr Ratze und Emily nach draußen.
»Schon kurz vor halb sechs«, rief Emily.
Die Mädchen eilten zum Reiterhof hinüber. Ratze, Lou und Maleen stiegen auf ihre Fahrräder und Emily schnappte sich ihr Kickboard. Und dann ging es im Affenzahn in Richtung Innenstadt.

Blind Date

Ratze, Lou und Maleen schoben ihre Fahrräder in den Ständer vor der Einkaufspassage, schlossen sie mit Emilys Kickboard zusammen und gingen das letzte Stück bis zum Kino zu Fuß. Obwohl die 18-Uhr-Vorstellung in der Regel nicht gerade die meistbesuchte war, herrschte vor dem Kartenverkaufsschalter ziemlich viel Betrieb.

Die Mädchen warteten auf Grün, dann rasten sie auf die andere Straßenseite, wo sich der Haupteingang des Takko-Modemarktes befand und sie sich zwischen den Klamottenständern versteckt halten konnten.

»Wie wollen die sich denn hier finden?«, wisperte Lou, während sie ein paar Kinder-T-Shirts hin und her schob. »Die wissen doch gar nicht, wie sie aussehen.«

»Hoffen wir's«, murmelte Emily.

»Dann haben sie bestimmt ein Zeichen verabredet«, meinte Maleen, die von ihren Freundinnen mittlerweile

genauestens eingeweiht worden war. »Ein bestimmtes Comic unter dem Arm, eine Haarspange ...«
»Da ... da«, fuhr Lou plötzlich dazwischen. Sie stieß ihre Freundin mit dem Ellenbogen in die Seite und zeigte zum Kino hinüber. »Da ist Ronja.«
Vor Aufregung riss sie ein paar T-Shirts vom Ständer. Ratze und Maleen halfen ihr, sie wieder aufzusammeln.
»Ja«, sagte Emily. Sie verrenkte sich fast den Hals. »Geli und Larissa sehe ich auch. Aber die tragen keine Haarspangen und auch keine Co... Oh ...!«
»Was ist denn?«, rief Ratze.
Doch da hatte sie die JEMAYUS auch schon entdeckt. Sie hatten die Hände in den Hosentaschen versenkt und schlenderten auf den Kartenschalter zu. Auch sie trugen weder Comics unter dem Arm noch Spangen in den Haaren.
Ratze, Emily, Lou und Maleen stierten sich fast die Augen aus dem Kopf. Atemlos verfolgten sie die Szene, die sich auf der gegenüberliegenden Straßenseite abspielte: Die JEMAYUS drückten sich eine Weile vor dem Schalter rum, kauften aber offenbar keine Eintrittskarten, und die *Comtessen* standen kichernd beieinander und spähten ab und an vorsichtig in die eine oder andere Richtung.
»Die erkennen sich nicht«, presste Maleen nach einer Weile hervor. »Die haben kein Zeichen verabredet.«
»Mann, sind die blöd!«, freute Emily sich.
»Kapier ich nicht«, murmelte Ratze.
»Sei doch froh«, sagte Lou.

In der Tat liefen die *Comtessen* und die JEAMAYUS einige Male aneinander vorbei, ohne sich auch nur die Bohne zu beachten. Der große Zeiger auf der Uhr über der Apotheke rückte zielstrebig auf die Zwölf zu. Die meisten Leute waren bereits im Foyer des Kinos verschwunden. Nur ein paar Jungen und Mädchen lungerten noch vor dem Eingang herum.

Um kurz nach sechs hörten Jesper, Max und Yussuf mit ihrer Schlenderei auf. Sie schauten sich noch einmal suchend um, dann traten sie den Rückzug an. Ratze, Lou, Maleen und Emily warteten, bis sie außer Sichtweite waren, dann flitzten sie über die Straße und spazierten auf die *Comtessen* zu.

»Naha«, sagte Emily hämisch grinsend, »haben euch eure neuen Superverehrer etwa versetzt?«

Ronjas Augen verengten sich. »Was wollt ihr denn hier?«, zischte sie.

»Na, was wohl?«, erwiderte Emily.

Geli schob ihre Unterlippe vor. »Ihr wart das!«, stieß sie hervor. »Ihr habt uns verarscht.«

Lou schüttelte den Kopf. Was redeten die *Comtessen* denn da? Sie und ihre Freundinnen waren ein wenig irritiert. Aber das durften sie sich natürlich nicht anmerken lassen. Absolut cool bleiben, war in derart unübersichtlichen Fällen ihre Devise.

»Lüg doch nicht!«, fauchte Larissa Lou an. »Gerade du! Du tust immer so harmlos und dann würgst du einem von hinten eins rein.«

»Klar«, sagte Emily. »Und zwar mit dem größten Vergnügen.«

»Also doch«, sagte Ronja wütend. »Ihr habt uns gesimst, eure Stimmen verstellt und so getan, als ob ihr Typen wärt. Und deshalb habt ihr auch behauptet, dass ihr uns ohne Erkennungszeichen entdeckt.«

»Bingo«, sagte Emily. »Und für den Rest des schönen Tages wünschen wir dann noch recht viel Spaß.«

Ungereimtes

»Mensch, Mädels«, gickerte Ratze, während sie Emilys Kickboard von ihrem Fahrrad löste. »Ist euch klar, was das bedeutet?«
»Aber logo«, sagte Maleen. »Die JEMAYUS dachten die ganze Zeit, wir wären das.«
»Supi!«, quietschte Emily. »So kann man also seine ärgsten Feinde veräppeln, ohne richtig daran beteiligt zu sein.«
Sie, Ratze und Maleen kriegten sich gar nicht mehr ein. Nur Lou starrte nachdenklich vor sich hin. »Ob die echt geglaubt haben, dass wir in die verliebt sind?«, murmelte sie. »Und wennschon«, sagte Emily.
Tatsächlich fand sie diese Vorstellung ungeheuer prickelnd. Und auch in den Augen von Ratze, Lou und Maleen blitzte so ein gewisses Funkeln.
»Kommt, Mädels!«, rief Emily. »Vielleicht kriegen wir sie ja noch. Schließlich habe ich ein Versprechen einzulösen.«

Wie immer sauste sie mit ihrem Kickboard in einem Höllentempo vorneweg, sodass ihre Freundinnen Mühe hatten, auf ihren Rädern mit ihr Schritt zu halten. Besonders betraf das Lou, die immer noch mit einem eierigen Vorderrad zu kämpfen hatte.

Erst als sie in die Wohnsiedlung einbogen, sichteten sie die JEMAYUS.

»He!«, schrie Emily aus vollem Halse. »Ihr Süßen! Wartet doch mal!«

Jesper, Max und Yussuf machten eine Vollbremsung und wandten sich zögernd zu ihnen um. Emily ließ ihr Kickboard ausrollen und wartete auf ihre Freundinnen.

»Mission beendet«, verkündete sie, zog das Handy aus der Tasche ihrer Workerjeans und grinste Max frech ins Gesicht. »Jetzt kannst du dein Teil zurückhaben.«

»Zicken!«, knurrte Max und schnappte sich das Handy.

»Könntet ihr uns vielleicht mal erklären, was das sollte?«, fragte Jesper.

Mit hochrotem Kopf fixierte er Emily. Doch die grinste fröhlich weiter.

»Nö«, sagte sie. »Können wir nicht.«

»Und was ist mit dem Typ, den ihr gestern dabeihattet?«, knurrte Jesper.

Ratze hob die Augenbrauen. Max konnte sie jetzt nicht angucken, aber Jesper.

»Ihr seid doch nicht etwa eifersüchtig?«, fragte sie.

»Pah!«, schnaubten die Jungs. Sie drehten sich um und traten in die Pedale, was das Zeug hielt.

»We are the Peppermint Cats!«, brüllte Emily ihnen hinterher. »And we ever forever hate boys.«
»Das reimt sich doch gar nicht«, sagte Lou.
Aber darauf kam es nicht an, fand Emily.

Patricia Schröder

Die Pfeffermiezen

Emily, Ratze und Lou sind die »Pfeffermiezen« – und die besten Freundinnen überhaupt. Die drei sind eine verschworene Gemeinschaft gegen die eingebildeten »Comtessen« Ronja, Geli und Larissa und natürlich gegen die Jungs: insbesondere Jesper, Max und Yussuf. Doch dann kommt eine neue in die Klasse – Maleen – und die Freundschaft der drei wird auf eine harte Probe gestellt ...

Arena

200 Seiten
Arena-Taschenbuch
ISBN 978-3-401-51021-7
www.arena-verlag.de

Patricia Schröder

Die Pfeffermiezen und der große Treuetest

Bei den Miezen gibt es Zoff! Diesmal macht Emily die beleidigte Leberwurst, während Ratze, Lou und Maleen den hochnäsigen »Comtessen« einen (ziemlich gemeinen!) Streich spielen. Doch inzwischen findet Emily heraus, dass sich Maleen in Jesper verliebt hat: ausgerechnet Jesper, der zu den liebsten Feinden der Pfeffermiezen gehört! Da ist jeglicher Kontakt natürlich strengstens verboten! Also stellt Emily Maleen eine Falle. Ob sie diesen Treuetest wohl besteht?

Arena

192 Seiten
Arena-Taschenbuch
ISBN 978-3-401-51044-6
www.arena-verlag.de

Patricia Schröder

Beste Freundin, blöde Kuh!

Miri und Joey sind die besten Freundinnen und einfach unzertrennlich. Doch plötzlich findet Joey das alles blöd und interessiert sich nur noch für BHs, Küssen und Jungs. Miri versteht die Welt nicht mehr. Krach mit Joey hat es doch bisher noch nie gegeben! Miri geht Fußball spielen und trifft neue Freunde, doch dann verliebt sie sich in Cobi – ausgerechnet Cobi, in den sich auch Joey unsterblich verknallt hat.

Arena

Auch als E-Book erhältlich

208 Seiten
Arena-Taschenbuch
ISBN 978-3-401-50348-6
www.arena-verlag.de

Patricia Schröder

Beste Freundin, blöde Kuh!
Und raus bist du

Für Miri ist klar: Joey ist die blödeste Kuh aller Zeiten. Und alles nur wegen Cobi, mit dem Miri zusammen ist und auf den sie sogar ihrer Freundschaft zuliebe verzichtet hätte – wenn Joey sich nicht so superfies verhalten würde. Aber haben die beiden ehemals besten Freundinnen überhaupt noch eine Chance?

Auch als E-Book erhältlich

200 Seiten
Arena-Taschenbuch
ISBN 978-3-401-50356-1
www.arena-verlag.de

Patricia Schröder

Beste Freundin, blöde Kuh!
Eine wie keine

Miri ist angenervt von ihrer neuen Freundin Junia, die alles besser weiß. Außerdem hat sie Stress mit Cobi, der urplötzlich mit einer anderen rumhängt. Wie soll Miri das nur aushalten? Als ihre Mutter einen Schulwechsel organisiert, brennen bei Miri sämtliche Sicherungen durch. Sie haut ab – und merkt, wie sehr sie ihre ex-beste Freundin Joey immer noch vermisst. Ob die beiden noch eine letzte Chance bekommen?